À la croisée des suicides

À la croisée des suicides

Manon Lilaas

© 2021 Manon Lilaas (Lilaas93)
Édition : BoD - Books on Demand
12/14 rond-point des Champs-Élysées, 75008 Paris
Impression : BoD - Books on Demand, Norderstedt, Allemagne
ISBN : 978-2-3223-9819-5
Dépôt légal : Octobre 2021

À mes élèves de 2ⁿᵈ 11, qui bien que bavards m'ont apporté énormément et resteront mes élèves préférés (ils m'ont obligée à écrire ça).
À chacun de mes abonnés.
À ma famille, mes amis, tous ceux qui me soutiennent.
Et à celle à qui je tiens le plus,
ma petite sœur.

Du même auteur...

Sonate (mai 2021)
Du bout des doigts T1 (août 2021)

Chapitre 1

Minhwan observait la terre s'éloigner de lui sans le moindre intérêt. Il arborait un regard impénétrable mais des yeux encore marqués par les larmes. La valise avec laquelle il voyageait était remplie de photos et de regrets. Il y voyait des souvenirs oubliés et qu'il tirait désormais derrière lui sans rien ressentir. Il ne pouvait plus ressentir quoi que ce soit, son cœur était vide, désespérément vide, car on l'avait dit sale, son cœur. On le lui avait arraché. Ses parents, ses amis, son meilleur ami, même. Ils avaient tous piétiné son être sans aucune pitié.

Il savait au fond de lui que c'était de cette façon qu'ils réagiraient, mais il avait naïvement désiré se tromper. Sa famille, ses proches les plus agréables, tous ils l'avaient abandonné. Comment avait-il pu imaginer leur faire confiance ? C'était la question qu'il se posait tandis qu'il essuyait avec véhémence et rage la larme qui ne demandait qu'à rouler le long de son visage.

De son regard sombre, il fixait le ciel dégagé de ce plaisant mois de mai. Belle saison pour mourir…

À qui manquerait-il ? Qu'avait-il de plus à gâcher dans sa vie ? Il avait cru pouvoir se raccrocher à ceux qu'il aimait quand tout s'était écroulé, mais même eux lui avaient tourné le dos. Minhwan ne voyait plus rien dans ce bas monde, plus rien susceptible de l'inciter à reconsidérer sa décision. Ses études s'étaient achevées sur un échec, il incarnait la honte de la famille, personne ne voulait de lui, personne n'était décidé à lui donner sa chance. Aucun avenir ne se présentait à lui, autant ne pas souffrir plus longtemps.

Il préférait encore crever. Même si ça pouvait sembler effrayant – il était effrayé.

Il se souvenait de celui qu'il chérissait, de son sourire, de sa bonté, de toutes ses qualités – qualités qui avaient finalement fait chavirer son cœur innocent. Puis il se rappela son regard à la fois gêné et écœuré. Il se rappela chacun de ses mots, chacune de ses absences, chacun des messages auquel il n'avait pas dénié répondre. Il l'avait abandonné, rejeté quand Minhwan avait osé croire que leur amitié serait plus forte que le mépris.

Il l'avait abandonné, rejeté quand Minhwan avait osé lui avouer qu'il était profondément amoureux de lui.

~~~

Jungsu poussa un soupir. Les yeux rivés sur l'écran de son ordinateur, il attendait. Il ne savait pas trop ce qu'il attendait. C'était beaucoup, vingt-quatre heures, dans une journée. Dormir lui permettait de voir le temps passer plus vite. Et s'il allait dormir ? Il avait une musique à terminer. Il n'avait pas envie de terminer sa musique. Il avait envie de dormir. Non, en fait il s'ennuyait. Dormir lui permettait de tromper l'ennui. Parfois, il rêvait. Ça, c'était cool. Ça l'inspirait, avant. Aujourd'hui, il n'était plus très inspiré.

Rien ne l'intéressait, il s'ennuyait. Il s'ennuyait vraiment. C'était vraiment beaucoup, vingt-quatre heures, dans une journée. Jungsu se sentait en dehors de son corps. C'était bizarre, dit comme ça. Comment se sentait-il ? Difficile à dire. Il s'ennuyait. Disons qu'il se sentait ennuyé. Toute la journée, du matin au soir, du soir au matin. Ennuyé.

Et s'il allait dormir ? Pourquoi pas. Mais sa musique ? Elle n'allait pas s'écrire toute seule. Ce serait bien si elle le pouvait. Pouf, une chanson. Pas de métro, pas de boulot, juste le dodo. C'était sympa de dormir. Dormir lui permettait de tromper l'ennui.

Bref, où en était-il, déjà ? Ah oui, sa musique. Non, décidément, rien ne l'intéressait. Il n'allait quand même pas composer une chanson sur l'ennui. Ridicule. Alors il attendait, les yeux rivés sur l'écran de son ordinateur.

Parfois, il se demandait s'il était en dépression. Il n'était pas triste, lui, simplement las. Rien n'avait de couleur. Rien n'avait de goût. Rien n'avait de sens. La vie n'avait... rien. Il faisait beau aujourd'hui, à Tokyo. Grand soleil. C'était si laid. Lui, il préférait la pluie. C'était beau, la pluie. Le corps humain était essentiellement composé d'eau. L'eau, c'était la vie. Jungsu était de l'eau, donc Jungsu était vivant, et Jungsu aimait la pluie. Il trouvait que ça avait quelque chose de rassurant. Il aimait la nuit, aussi, parce qu'il aimait le calme. Et puis, il aimait dormir. Dormir lui permettait de tromper l'ennui. Il dormait beaucoup.

Souvent, il s'était imaginé fermer les yeux pour ne jamais les rouvrir.

Il avait trouvé ça rassurant, comme la pluie. Mais la pluie, c'était la vie. Le repos éternel, c'était la mort. Incompatibles, non ?

Souvent, il s'était demandé ce qu'il ressentirait à mourir sous la pluie. L'eau, et le sommeil.

Il avait trouvé ça vraiment très rassurant.

~~~

Minhwan était perdu dans l'immense fourmilière qui s'agitait autour de lui. Le temps dans lequel il était piégé lui semblait passer moins vite que celui des insectes ici. L'aéroport... Il n'aimait pas les endroits peuplés, car alors il se sentait vulnérable. Les regards, les jugements, il les craignait comme la peste.

Le garçon leva les yeux au ciel, un ciel dont il savait qu'il le gagnerait tôt ou tard – enfin, tôt, en vérité. Une larme coula, une larme de verre. Elle paraissait lui taillader les joues, il haïssait la sensation qu'elle abandonnait. Il avait pourtant passé un long moment dans l'avion, au-dessus des nuages, mais il ne s'était pas trouvé plus serein. Il avait éprouvé l'impression de dépasser la terre céleste à laquelle il aspirait, et l'appareil lui était apparu comme une cage qui l'empêchait de tendre la main vers le repos éternel.

Fermer les yeux pour oublier la fourmilière, fermer les yeux pour oublier l'abandon, fermer les yeux pour oublier le monde, fermer les yeux pour rencontrer l'éternité. Et l'éternité, si elle n'existait pas, le néant valait malgré tout mieux que ce qu'il vivait. Parce qu'il vivait, pénible châtiment tombé sur lui avant même qu'il n'ouvre les paupières pour la première fois. Vivre, c'était mourir. Il comptait simplement précipiter les choses. Il n'agissait pas mal, c'était lui seul qu'il faisait souffrir. Personne ne le regretterait.

La vie lui semblait une douloureuse humiliation, abjection, abomination. Une condamnation. Elle était une obscure lumière dans un monde illuminé d'un vain espoir. Minhwan se sentait ici-bas pareil à un aveugle égaré. Il zigzaguait le long d'un sentier perdu, et cette lueur tamisée qui guidait ceux qui s'y fiaient, il ne voulait pas même y jeter un regard. C'était à se demander s'il luttait pour vivre ou pour mourir. N'était-il lui-même qu'une ombre ? Ombre parmi les ombres, il y voyait comme en plein jour dans ce qui n'était en vérité que la nuit noire.

Minhwan monta dans un taxi au chauffeur duquel il indiqua sa destination. L'homme le dévisagea un instant à travers son rétroviseur ; il sut qu'il observait un condamné. Il demeura silencieux et conduisit. Et la tombe avançait, et la mort approchait. Le jeune garçon gardait son regard fixé sur l'extérieur, songeant qu'il se trouvait dans un pays où il avait toujours rêvé d'aller. Il avait espéré y venir un jour avec celui qui partagerait sa vie. Il venait seul, tragique destin.

Le voyage fut long… ou bien court, Minhwan était devenu bien incapable d'en évaluer la durée. Lorsqu'il s'abandonnait à ses pensées, des heures pouvaient filer et lui apparaître comme de maigres minutes. Quand il lui fallait faire face à la réalité et vivre avec son monde, en revanche, les minutes représentaient autant d'éternités qu'il devait supporter en attendant que tout cesse. Alors le temps passait, mais son chagrin restait. D'une certaine manière, c'était inéluctable : le lien entre le temps, la vie et la mort était étroit.

Bientôt, la ville disparut pour laisser place à la nature. Les collines devinrent montagnes, Tokyo était loin derrière. Le taxi se gara alors que le soleil entamait une lente descente à l'horizon. Des nuages s'amoncelaient, l'orage n'allait plus tarder. À quelle heure l'avion avait-il atterri, déjà ? Ils devaient rouler depuis longtemps, non ? Peut-être bien, oui, mais Minhwan s'était noyé dans ses souvenirs. Il ne se rappelait rien de leur trajet sinon qu'ils avaient traversé des paysages bucoliques.

Cette forêt aussi était bucolique, mais Minhwan savait ce qu'elle dissimulait derrière cette apparence tranquille. Ainsi, lorsqu'il descendit du taxi, il régla la note et l'homme répondit par un simple « adieu » solennel.

Aokigahara…

Chapitre 2

Jungsu soupira. Il soupirait beaucoup, ces temps-ci. Il soupirait trop. Ça voulait tout dire. Pour une fois, il avait envie de quelque chose. Il avait envie de laisser tomber. Aujourd'hui, il avait fait plutôt beau. Or, maintenant que la nuit approchait, Jungsu voyait venir l'orage. Des nuages, une humidité élevée. Il allait pleuvoir.

La pluie… Il aimait la pluie. Ça devait être agréable de partir sous la pluie.

D'un geste mécanique, il attrapa son manteau. Il quitta son appartement. Il monta dans sa voiture. Il ne portait que son manteau. Il l'enlèverait sans doute. Il aimait la pluie, il voulait la sentir sur sa peau. Il ne pleuvait pas encore. Bientôt.

Il faisait nuit noire quand il arriva. Il avait roulé si longtemps. Presque deux heures, c'était long. Conduire avait trompé l'ennui. Ça avait été agréable. Il s'était dirigé vers la forêt comme vers la mort, de manière mécanique et insensible. La forêt était froide, la mort était verdoyante. Jungsu était déjà mort, ce soir il allait vivre.

Il se stoppa devant de hauts arbres. La pluie battait le feuillage. La nature s'affolait sous l'orage. Et Jungsu était là. Debout. Il regardait la pluie. Il la trouvait rassurante. Il voyait le monde vivre autour de lui, misérable cadavre maintenu par de fragiles ficelles.

Le vent hurlait, la pluie crépitait. Ce qui n'était qu'un banal crachin s'était changé en une averse. Jungsu était heureux. C'était agréable, ça aussi, le bonheur. Il avait presque oublié. Il avait oublié son cœur qui se soulevait. Son âme qui se réchauffait. Son sourire qui se révélait. Il avait oublié. Pourtant, à présent qu'il allait vivre, il était heureux. Les éléments étaient déchaînés. Jungsu les sentait tenter de s'acharner sur lui comme sur les frondaisons. Il aimait bien.

Ici, il faisait froid. La nuit, la pluie et le vent. C'était froid. Jungsu avait retiré son manteau, il frissonnait. Il ne remettrait pas son manteau. Il se sentait sur le point de vivre. Toutes ces sensations en lui, c'était incroyable. Le bonheur, et maintenant le froid. Il ressentait tant de choses… Tellement plus que ces derniers mois.

L'eau glissait sur sa peau. Elle laissait un sillon envoûtant. Jungsu se plaisait à le suivre du regard. C'était beau. Vraiment beau. Et sa peau couverte de chair de poule…

Le vent chargeait avec lui le vacarme de la forêt suppliée. C'était un brouhaha obsédant. Des branches qui craquaient. Des feuilles qui se heurtaient les unes aux autres. La pluie qui fouettait les arbres. Tant de bruits… Le monde vivait.

Dans son studio, Jungsu ne voyait pas le monde vivre. Il y était seul. Pas un bruit, pas un mouvement. Le temps passait, mais Jungsu ne le voyait pas passer. Sans doute passait-il, oui. C'était perturbant que tout passe sans passer, et que Jungsu vive sans vivre.

Il s'enfonça entre les arbres. Il y avait un large chemin rendu boueux par le déluge. La nuit, la pluie. Le repos et l'eau.

Jungsu trouvait ça vraiment rassurant.

Belle soirée pour s'endormir.

~~~

Minhwan errait depuis plusieurs heures déjà. L'orage avait éclaté, comme ses sanglots : le ciel et lui versaient des larmes intarissables. Le jeune garçon se laissait balloter par la rage de la tempête, ployant sous les efforts qu'elle fournissait pour balayer la forêt. Il était fatigué, pourtant il marchait. La nuit était noire, l'obscurité n'était percée que par le faisceau de la lampe torche que Minhwan tenait d'une main tremblante.

Il cherchait l'endroit parfait. Autour de lui, tout lui évoquait la destruction, le chaos, la fin d'un monde. C'était comme si les éléments déchaînés avaient décidé d'illustrer ce qui se produisait dans son cœur brisé par la trahison et la peine.

Minhwan se passa l'avant-bras sur le visage sans savoir s'il enlevait des larmes ou des gouttes de pluie. Elles se ressemblaient tant, à vrai dire...

C'était sa lampe et son destin qu'il tenait d'une poigne de fer, d'une main déterminée à accomplir un ultime geste de désespoir. Était-il prêt à franchir un tel gouffre ? Il ne parvenait pas à répondre alors même que la réponse paraissait évidente.

Non, il ne se sentait pas prêt. Il ne déambulerait pas ici depuis des heures, sinon. Peut-être attendait-il d'être sauvé. Son unique présence à cet endroit traduisait ce besoin de ne plus se sentir si isolé et mélancolique : il avait songé à mourir là où tant d'autres avaient décidé de s'éteindre avant lui, pour ne pas partir oublié, pour se perdre au milieu des âmes comme la sienne. Sans se l'avouer, ce qui l'effrayait le plus, c'était finalement l'abandon. Il ne voulait plus être seul, mais il n'avait plus la force d'appeler à l'aide, car il savait que son appel demeurerait vain et qu'il en souffrirait.

Il n'en pouvait plus de souffrir, ça l'épuisait et il se haïssait de donner au monde un tel pouvoir sur ses émotions. Malheureusement, que pouvait-il y changer ? Il avait toujours été doué d'une grande émotivité ; il se révélait si faible, pointé par des regards acérés qui le visaient sans le lâcher. Les autres lui semblaient contrôler sa vie, mais il n'arrivait pas à répliquer, il se laissait malmener, marionnette qu'il était.

À force de mépriser ceux qui l'avaient fait souffrir, il avait fini par se mépriser lui-même. Il se sentait minable, il n'avait pas même cherché à lutter, mieux valait abandonner. Tant pis. Qu'il abandonne, ça réjouirait sans doute ses proches – ou plutôt ceux qu'il avait considérés ainsi, jadis.

Plutôt que se maudire, il préférait mourir.

Minhwan poussa un piteux gémissement quand une branche, animée par les vents, le heurta sournoisement. À croire que la nature se dressait contre lui – pour l'empêcher d'agir ou bien parce qu'elle le détestait aussi ?

Le faisceau de la lampe que tenait toujours le jeune garçon se mit à grésiller, clignotant de manière inquiétante. Alors c'était ainsi ? Ce misérable objet allait s'éteindre avant lui ?

« Allume-toi, » râla tout haut Minhwan en frappant le manche de sa lampe torche.

Or, plutôt que de stabiliser enfin la lumière, il ne fit qu'en précipiter la chute : après quelques instants, il fut plongé dans la plus parfaite pénombre. Un juron dépité lui échappa, juron qui, loin d'être prononcé sur le ton de la colère, fut lâché d'une voix étranglée par la peine. Il se sentait tout à coup beaucoup plus seul, complètement abandonné cette fois-ci. Il ne possédait plus rien que sa mélancolie et ses tourments.

Les arbres autour de lui formaient autant de silhouettes d'un noir de tourbe, ils se dressaient contre lui comme autant de soldats prêts à l'empêcher d'avancer. Le vent hurlait, l'averse faisait rage, les branches s'agitaient, prises de folie. Le printemps s'était métamorphosé en cauchemar. Minhwan se sentait perdu au milieu d'un infernal paradis. Son corps tremblait, son âme lui paraissait tout aussi dénuée de chaleur, et il n'espérait plus rien.

Plus d'aide, plus de gardien qui le trouverait là, plus de signe miraculeux pour l'épargner.

Il avait amené le nécessaire, tout était rangé dans la valise qu'il traînait derrière lui et qu'il devinait désormais couverte de boue – sans compter que l'eau avait probablement réussi à se glisser à l'intérieur.

Minhwan se montrait rarement vulgaire, mais…

« Quelle nuit de merde, » sanglota-t-il en balançant d'un geste rageur son bagage sur le sol détrempé.

Malgré ses airs souvent matures et calmes, Minhwan était resté le petit garçon qu'il avait été : il aimait les jeux vidéos, les câlins, passer du temps avec ceux à qui il tenait, etc. En revanche, il avait conservé de son enfance une peur presque panique du noir. Il détestait ignorer ce qui l'entourait, même lorsqu'il était simplement endormi dans sa chambre. Alors que dire de sa situation présente, perdu au beau milieu de ce bois sinistre ?

Il aurait tant souhaité quelqu'un pour le guider. N'importe qui. Il voulait rentrer chez lui et effacer les dernières semaines pour retrouver sa vie banale…

Sans y voir, il s'enfonça dans l'inquiétante forêt. Il erra de longues minutes durant avant que ses jambes ne refusent d'exécuter le moindre pas supplémentaire. Désespéré, Minhwan s'assit contre un tronc et, accompagnant de ses pleurs la douloureuse litanie des feuillages torturés, il se mit à sangloter.

Il en avait marre, mais il ne trouvait décidément pas le courage de mettre fin à ses jours.

Parmi les ténèbres de la nuit et les silhouettes des arbres qui s'agitaient autour de lui qui avait enfoui la tête entre ses bras, le jeune homme ne remarqua pas l'ombre malingre qui s'avançait lentement.

Chapitre 3

Jungsu se régalait. Tout était si beau. La tempête, vraiment, c'était beau. Ça créait des sons si mélodieux.

Il marchait, déterminé, sans savoir où. Il marchait, tout simplement. Il finirait par trouver un endroit. Il fallait marcher encore un peu. Il n'avait rien pris pour s'éclairer. Peu importait. Pas besoin de lumière, il aimait tellement la nuit. Ses yeux n'y voyaient rien, son cœur, lui, le guidait.

Son cœur vit juste. Après quelques minutes de plus, Jungsu entendit en dépit de l'orage déchaîné des pleurs étouffés. Oui, quelqu'un pleurait. Qui ? Aucune idée, comment le saurait-il ? Mais quelqu'un pleurait. Il pleurait beaucoup. Il pleurait fort, plus fort que grondait la tempête.

Jungsu suivit instinctivement les sanglots. Il n'y voyait rien. Il faillit tomber à plusieurs reprises. Chaque fois, il se rattrapait de justesse. Plus il cherchait à joindre les pleurs, plus la nature semblait tout à coup se dresser contre lui. Ce n'était plus aussi beau qu'avant.

Jungsu parvint à proximité de celui qui se lamentait. Sa voix était trop grave pour qu'il s'agisse d'une femme, c'était un homme. Les yeux habitués à l'obscurité, il discerna malgré la pénombre une silhouette recroquevillée contre un arbre. Un enfant ? Qu'est-ce qu'il foutait là ? Non, la voix était trop grave. Un ado, peut-être. Ouais, sans doute.

« Vous allez bien ? » lança-t-il sans oser approcher l'inconnu.

Ce dernier sursauta brusquement. Il voulut reculer par réflexe. Il s'aperçut que, contre son arbre, il s'était coincé seul. Jungsu, sans voir son visage, devina sa peur. Le garçon ne l'avait peut-être pas compris : ils étaient au Japon, mais par habitude il s'était exprimé en coréen.

« T'as rien à craindre, dit-il en japonais. T'es venu faire quoi ici ?

— La même chose que toi, j'imagine, » murmura finalement l'étranger après un court silence.

Il avait parlé coréen.

« Tu viens d'où ? s'enquit-il.

— Corée du Sud. Toi aussi ?

— Ouais. Tu voulais mourir ?

— Ouais. Toi aussi ?

— Ouais. »

Le silence se fit entre eux. L'inconnu se passa la main devant les yeux. Il renifla bruyamment.

« Quitte à crever, autant faire une dernière rencontre, dit Jungsu d'un ton détaché. Pourquoi tu veux mourir ?

— Je suis une merde, personne ne m'aime, j'ai aucun avenir.

— C'est-à-dire ? »

L'inconnu poussa un soupir. Il prit une longue inspiration. Il conta son histoire. La pluie n'avait pas cessé. Jungsu l'écouta quand même. Il n'entendait plus la pluie, quand le garçon à la voix grave parlait. Minhwan, c'était comme ça qu'il s'appelait, le garçon. Joli, ça lui allait bien. Enfin... Jungsu ne l'avait pas vu, il ne pouvait donc pas l'affirmer. Mais ça avait l'air de lui aller bien.

Minhwan lui expliqua sa vie paisible. Son échec à l'école Puis, alors qu'il avait besoin de soutien, la révélation de son amour à son meilleur ami. Le mépris, la haine, et l'abandon. Ah ça, Jungsu connaissait. Bof, la vie, quoi. Fallait pas se laisser démonter.

« Un de perdu, dix de retrouvés, dit Jungsu. Quant à ta famille, envoie-la se faire foutre s'ils t'aiment pas pour ce que t'es mais pour tes notes et ta sexualité. Ils méritent pas que tu veuilles te pendre pour eux, c'est totalement stupide. Si tu veux crever, fais-le pour toi.

— Dans ce cas, raconte-moi ton histoire, répliqua Minhwan auprès de qui Jungsu s'était assis. Dis-moi ce qui t'a conduit ici. »

Jungsu raconta. Un gamin de Daegu, une enfance cool. Ouais, c'était cool. Pas de soucis, du repos, tranquille. L'école ? La flemme. Il s'en sortait, il ne cherchait pas à être le meilleur. Et puis il avait voulu se lancer dans la musique. Ah, les rêves de gosse... Idiots. Il avait voyagé de désillusion en désillusion avant de voyager ici, à Tokyo où il tentait de se faire connaître. Vain, totalement vain. Ça ne servait à rien. De bonnes paroles, un bon son, bah ! Il fallait un nom. Dur de se faire un nom, quand on partait de rien.

« Alors t'es désespéré ? demanda Minhwan d'une voix timide.

— Non, pas vraiment.

— Tu veux en finir parce que t'as la sensation d'avoir échoué ?

— Bof, pas vraiment.

— Pourquoi, alors ?

— Je m'ennuie. »

Minhwan demeura muet. Jungsu... s'ennuyait ? Ouais, c'était ce qu'il devait se dire. Pourquoi un type pouvait décider de mourir d'ennui au sens propre du terme ? Pas besoin d'être devin pour savoir que c'était ce que pensait Minhwan.

~~~

C'était bel et bien cette réflexion que Minhwan, ahuri, se répétait : ce garçon qui errait à la manière d'un fantôme dans cette forêt maléfique... il voulait en finir parce qu'il s'ennuyait ? C'était parfaitement absurde !

« Tu peux pas mourir juste pour ça ! s'emporta-t-il. T'as encore plein de choses à vivre ! Et si ta musique finissait par être écoutée, appréciée et connue ? Tu pourrais passer à côté de ça ? Juste parce que tu t'ennuies ? C'est ridicule, ça a aucun sens !

— Ma vie a aucun sens.

— C'est pas pour ça qu'il faut mourir !

— Je pense la même chose de ta situation, répliqua Jungsu en haussant les épaules.

— M-Mais… toi, t'as un avenir ! Je suis sûr que t'es super doué, il suffit que tu t'accroches !

— Flemme.

— Alors tu mourrais parce que t'as la flemme de vivre ?

— Tu veux bien mourir parce que t'as pas le courage de vivre. Chacun sa merde.

— C'est… non, tu te trompes ! C'est pas ça du tout ! clama Minhwan – il marqua une courte pause avant de reprendre, plus bas. J'ai plus rien ni personne, moi. Toi, t'as une famille, un avenir.

— J'ai jamais l'occasion de voir ni l'un ni l'autre.

— Ils existent quand même.

— Le désespoir ne justifie pas la mort, rétorqua Jungsu. Je comprends ce que tu peux ressentir, mais t'es pas au pied du mur. Si t'avais un peu plus de volonté, tu t'en sortirais. T'as peur de vivre, tu choisis la simplicité. »

Minhwan se sentit sincèrement heurté par ces mots qu'il trouva atrocement difficiles à entendre, même venant d'un parfait inconnu. De quel droit le jugeait-il alors qu'il ne connaissait rien de son histoire ? Comment pouvait-il affirmer cela sans savoir les souffrances que son cœur et son corps fragiles avaient endurées ? C'était d'une telle impolitesse ! Il mériterait une bonne gifle pour lui remettre les idées en place ! On n'avait pas idée de s'adresser à quelqu'un de brisé de cette façon !

Jungsu était-il stupide au point de penser que pour un banal chagrin d'amour d'ado, quiconque pourrait en venir à de telles extrémités ? Un acte pareil cachait une souffrance indescriptible, un mal-être si profondément ancré que le seul moyen de s'en débarrasser, c'était de se débarrasser de la vie. Ça n'avait rien – strictement rien – d'anodin. Prendre ça à la légère constituait une véritable insulte à ses yeux.

« Pardon ? Tu sais rien de ce que j'ai vécu ! s'agaça donc Minhwan. Tu sais rien de ce que j'ai éprouvé ! Et si je choisis la simplicité, que dire de toi ?

— Je nie pas chercher la simplicité. Je sais que je vais passer ma vie à me faire chier, ça a fini par me rendre insensible à l'idée de mourir. Au contraire, j'ai même envie d'en finir au plus vite.

— Ça n'a aucun putain de sens…

— Gamin, j'écris, compose et arrange des chansons depuis six ans. Personne me connaît. Moi non plus, je suis rien. J'ai pas de vrai salaire, parfois j'ai dû arrondir les fins de mois en bossant dans une épicerie. La galère, je connais. Mais ça m'a jamais touché. J'aurais pas voulu me crever juste pour ça, juste parce que la société m'accorde pas l'attention que mon égo aimerait recevoir. On est tous différents, faut l'accepter. Mourir, c'est toujours chercher la simplicité, parce que ça implique de fuir ses responsabilités.

— Qu'est-ce que t'en sais ? Parle pas comme si tu savais tout, c'est super vexant !

— Je sais pas tout, effectivement, mais je sais ce que je ressens. Ça me permet d'en savoir déjà assez. J'ai toujours eu la flemme de tout, aujourd'hui j'ai la flemme de vivre. T'as toujours accordé de l'importance au regard des autres, aujourd'hui il est sur le point de t'assassiner. Je te dis : chacun sa merde.

— C'est moche d'insulter quelqu'un qui s'est fait massacrer par la vie au point de vouloir en crever, lui reprocha Minhwan.

— Crever, c'est moche. Crève avec tes illusions, si tu veux, mais moi je dis que c'est lâche. Si ça te révolte autant, c'est peut-être parce que c'est vrai. T'as cru que te suicider, ça t'offrirait une quelconque grandeur ? C'est pour ça que tu veux mourir ici ? Pour qu'enfin on te remarque ? Pour qu'on fasse attention à toi ? »

Minhwan se sentit révolté par ces affirmations hasardeuses : de quel droit Jungsu se permettait-il de telles réflexions sans même le connaître ? Parler ainsi revenait à faire preuve d'une indélicatesse telle que le jeune garçon ne parvenait toujours pas à croire que son aîné ait pu lui tenir un tel discours. Cherchait-il à se moquer de lui et de sa douleur, ou bien s'avérait-il aussi insensible que sa voix neutre le laissait paraître ? Se rendait-il compte qu'il enfonçait plus encore quelqu'un qui se sentait déjà au plus profond des abysses de la douleur ?

« Et toi ? riposta-t-il donc. Froid et insensible, c'est quel genre de regard que tu portes sur la vie ? Tu t'ennuies ? Merde, mais t'as la chance de pouvoir faire un métier artistique et réussir à t'en sortir quand même ! De quoi tu te plains ? Qu'est-ce qui t'ennuie autant, dans la vie ? Peut-être que toi aussi, t'as peur, peur d'essayer vraiment. C'est pour ça que tu décolles pas, que tu restes cantonné à ton studio et ton ennui. Si t'avais un peu plus de courage, je suis sûr qu'il y aurait eu moyen pour que tu sois une star !

— Ouais, possible. »

Minhwan demeura coi devant cette réponse plus qu'honnête. Désarçonné, il ne sut pas quoi ajouter. Il ne trouva pas le temps de tourner en boucle dans son esprit les mots – peut-être vrais mais assurément blessants – de Jungsu que déjà ce dernier reprenait la parole.

« Minhwan… ?

— Ouais ?

— Je crois que ta raison de mourir est stupide.

— Merci, ça fait plaisir…

— Et tu crois que ma raison de mourir est stupide.

— Je confirme.

— J'ai un truc à te proposer.

— Comment ça ?

— Une semaine. On se donne encore une semaine à vivre, une semaine pendant laquelle on essaie de voir si on aurait pas tort de vouloir mourir pour ça.

— Hein ?

— Ça marche ? »

C'était ridicule ! Minhwan se tourna vers celui qu'il savait un peu plus âgé que lui. Assis auprès de lui, Jungsu le fixait également. Les regards se croisèrent, ils gardaient le silence. Rien ne se révélait dans leurs prunelles obscures. Minhwan leva les yeux aux cieux déchaînés : que lui fallait-il faire et que répondre à ça ? Il n'avait rien à prouver, ça semblait parfaitement absurde. Il voulait dire non, quand ses lèvres s'ouvrirent :

« D'accord, acquiesça-t-il sous l'effet d'une pulsion inconnue. Ça marche. Une semaine. »

Une semaine pour décider s'il devait vivre ou mourir...

Chapitre 4

Jungsu sourit. Il ignorait pourquoi il avait proposé ça. Une semaine pour quoi ? Pour prouver qu'ils avaient une vie minable ? Pour prouver qu'il valait mieux qu'ils disparaissent ? Ou bien une semaine pour se prouver que la vie méritait d'être vécue ? Stupide. Au moins, il vivrait une semaine de plus… Minhwan aussi. Jungsu voulait le voir nettement. Juste une fois. Sa curiosité était titillée par cette voix profonde dénuée de visage. Trop sombre, il ne distinguait rien d'autre que les silhouettes. Vaguement la forme de son visage, son nez, ses pommettes.

Jungsu ne voulait pas distinguer, il voulait voir.

Peut-être que passer une semaine avec Minhwan lui éviterait l'ennui. Ce gamin l'amusait un peu, à s'emporter si facilement. Son cœur semblait déborder d'émotions. Celui de Jungsu, il battait. C'était déjà bien. Pas besoin d'en demander plus. Il battait pour encore une semaine.

« Bon, bah allons chez moi, » dit Jungsu en se relevant.

Minhwan l'imita. Ils étaient trempés. Quelle idée de parler sous ce déluge. Au moins, ils n'étaient pas morts. Pas encore. Mais ils étaient trempés, ça oui. Dangereux, il faisait encore froid, dehors. Ils allaient ramener un rhume, sûr. Pas grave, dans une semaine, ils seraient morts. Un rhume, ce n'était pas ça qui allait les effrayer.

Jungsu savait par où il était venu. Enfin, à peu près. Il leur fallut un certain temps, mais ils parvinrent à sa voiture. Minhwan se montra tout à coup suspicieux quand il lui ouvrit la portière côté passager.

« Attends, comment être sûr que je peux avoir confiance en toi ? demanda-t-il.

— Bonne question. Tu décides, je t'oblige à rien. »

Minhwan dut percevoir quelque chose dans sa voix, son ton. Ou bien ce fut à cause de la tempête. Quoi qu'il en soit, il finit par monter. Jungsu monta aussi. Il démarra. Il quitta cet endroit maudit. Étrange : quand il était arrivé, il lui trouvait l'air paisible, à cette forêt. Ah, la perception ! Tout changeait si vite !

Le trajet passa, le silence demeura. Ils arrivèrent chez Jungsu au lever du soleil ; sacrée nuit.

~~~

Minhwan dirigea son regard arrondi de surprise vers l'immeuble devant lequel Jungsu se stoppa pour sortir ses clés. Il se tourna vers lui puis fut frappé de stupeur : c'était la première fois qu'il le voyait correctement. Avec le soleil qui se levait peu à peu et les lampadaires qui continuaient de les éclairer, il pouvait désormais contempler le visage de son aîné, et il n'aurait jamais cru qu'il se révèle aussi harmonieux. Jungsu possédait des traits si délicats que Minhwan, qui pourtant se savait bien fait, faillit s'en sentir jaloux.

Au cours de leur trajet, il avait pu distinguer les reliefs de son visage sans pour autant avoir le plaisir d'en admirer les détails. Il déglutit : Jungsu avait des yeux sombres, très fins. Ses cheveux noirs cachaient ses sourcils en retombant élégamment sur son front. Ses lèvres carmin étaient plissées pour former une moue concentrée pendant que le jeune homme cherchait sur son trousseau le badge de la porte magnétique. Il était plus petit que lui, mince malgré ses vêtements trop amples qui dissimulaient sa maigreur sous leurs plis.

Un grésillement retentit lorsque Jungsu ouvrit. Il fit signe à son cadet de passer le premier, ce à quoi obéit ce dernier. Minhwan vivait encore, il ignorait pourquoi. Seul un insensé pouvait accepter un tel marché : vivre une semaine de plus, et pourquoi ? Pour prouver à un parfait inconnu (à qui il ne devait rien) que si, il avait un motif satisfaisant pour se suicider.

Minhwan ne voyait qu'une raison d'avoir approuvé cette idée absurde : au fond de lui, il souhaitait vivre. Il n'avait jamais prévu de mourir cette nuit-là, il avait voulu qu'on le trouve, qu'on le sauve. Jungsu avait-il juste ? Était-ce de sa part un témoignage de sa lâcheté ? Était-ce de la faiblesse ? Était-ce de la peur ? Était-ce un besoin d'attention ? Qu'est-ce que son cœur réclamait ? Qu'est-ce que gémissait son âme ? C'était un langage trop complexe, il ne le comprenait pas.

Pour quelle raison avait-il abandonné la Corée du Sud, en larmes, s'il avait pour seul but d'en finir avec la vie ?

Pour la même raison qui expliquait qu'il se tenait désormais devant un bel immeuble visiblement refait à neuf peu de temps auparavant : il lui fallait retarder l'heure de sa disparition, car il la craignait plus que tout. Il avait besoin d'aide, pas de mourir. Il avait accordé sa confiance à un parfait inconnu, tout simplement parce qu'il éprouvait l'ardent besoin de pouvoir se fier à quelqu'un – n'importe qui, il était désespéré.

Les deux garçons traversèrent un couloir avant d'arriver devant une porte sur laquelle figurait le nom de Oh Jungsu[1]. Il vivait au rez-de-chaussée. D'un geste las et fatigué, il ouvrit puis fit signe à son invité d'entrer. Minhwan et lui n'avaient même pas discuté de vivre cette semaine ensemble, ça avait sans doute paru évident aux yeux de Jungsu : Minhwan avait une petite valise et l'intention de se pendre. Il n'avait prévu aucun endroit où passer sept jours.

« Merci, » balbutia-t-il en le devançant.

Les deux garçons semaient derrière eux de longues traces de pluies. Malgré presque deux heures de trajet, leurs cheveux n'avaient pas complètement séché, leurs vêtements non plus, et surtout pas leurs

---

[1] *En coréen, le nom de famille (Oh) précède le prénom (Jungsu).*

chaussures. Or, Jungsu avait probablement activé la climatisation ces derniers jours et ne l'avait désactivée qu'avant de partir pour Aokigahara, car il faisait atrocement froid pour Minhwan qui sentit sa peau humide se couvrir de frissons.

Son aîné ne s'en aperçut que lorsqu'il se mit à trembloter, une fois ses chaussures retirées et sa valise posée dans l'entrée.

« Tu ferais mieux de prendre une douche chaude, proposa simplement l'hôte. La salle de bains est juste là. »

Et il désigna du doigt une porte au bout du couloir qui n'en comportait qu'une de plus – celle de la pièce principale. Minhwan s'y dirigea dans un remerciement discret, l'autre lui indiqua où trouver des serviettes de bain propres, et il l'autorisa à utiliser ses produits.

Le cadet, une fois seul dans la pièce fermée à clé, se dévêtit avant de marquer un temps d'hésitation. Le miroir lui renvoyait une image qu'il ne reconnaissait pas : le chagrin l'avait beaucoup amaigri. Il ne se ressemblait plus, il n'avait plus rien du jeune garçon aux traits juvéniles qu'il avait été. Désormais, il voyait un jeune homme aux traits émaciés, sans doute aussi chétif que Jungsu.

Et puis, il y avait ses cuisses…

Écœuré par sa propre apparence, Minhwan fila à la douche. L'eau, d'abord froide, se réchauffa rapidement. Il profita longtemps de ce flot apaisant : de la buée s'élevait, couvrait déjà la glace. Il se sentit calmé, les muscles détendus, et trouva cela réconfortant d'être bercé par l'odeur de son aîné. Son gel douche, son shampooing : quelqu'un acceptait de partager quelque chose avec lui, alors même que ce quelqu'un le savait bisexuel. Jungsu n'avait pas témoigné du moindre a priori vis-à-vis de lui, il ne l'avait nullement jugé. Quand Minhwan lui avait révélé son histoire, ce passage n'avait pas particulièrement choqué le jeune homme qui s'était contenté de hocher lentement la tête, comme il l'avait fait tout au long de son récit.

Et il l'avait invité chez lui, sans craindre que Minhwan puisse s'attacher à lui. Il ne le considérait pas comme un type capable d'en aimer un autre, non. Il le voyait simplement comme un garçon fragile meurtri par les regards extérieurs.

Ça comptait beaucoup pour Minhwan qui n'avait, finalement, besoin que d'une chose : être compris.

Il quitta la douche puis, le corps sec, il enfila les vêtements généreusement prêtés par celui qu'il percevait, d'une certaine manière, comme son sauveur. Il lui avait après tout permis de vivre une semaine de plus, il incarnait donc bel et bien à ces yeux une âme charitable prête à lui tendre la main : un sauveur.

Lorsqu'il sortit, il emprunta la seule autre porte du petit couloir de l'entrée. Elle s'ouvrait sur une pièce qui faisait office à la fois de cuisine et de salon. L'espace offrait assez de place pour un coin cuisine où étaient installés de nombreux rangements, le tout occupant une bonne moitié de la surface. Le reste, il s'agissait d'une table avec deux chaises près d'un meuble sur lequel étaient posées quelques babioles et des photos – Minhwan n'y attarda pas son attention, craignant que son aîné ne soupçonne une curiosité mal placée s'il le surprenait.

Ça lui parut étriqué mais confortable, plus encore lorsque son regard se dirigea sur Jungsu qui, aux fourneaux, était en train de cuisiner quelque chose qui dégageait une odeur exquise. Sans en être assuré, Minhwan parierait sur des tteokbokkis. Économique, rapide à préparer, et nourrissant, le plat lui mettait déjà l'eau à la bouche.

« Jungsu ?

— Hum ? s'enquit l'autre sans se retourner.

— Merci de… enfin, de m'accueillir ici.

— T'inquiète, ça me fait plaisir. Un peu de compagnie, ça peut pas faire de mal. »

Minhwan opina lentement sans savoir quoi répondre ; il demeura muet. Un court instant plus tard, son regard vers lui, une poêle à la main, Jungsu indiqua que c'était prêt. Deux assiettes avaient été installées sur la petite table, ils allaient pouvoir manger.

Chapitre 5

Jungsu mâchait. Pas mauvais, ce qu'il avait préparé. Il ne cuisinait pas souvent. Pourtant, il aimait bien ça. Ça ne l'ennuyait pas. Et puis, cette fois, il cuisinait pour quelqu'un. Il fallait bien faire. Minhwan avait l'air d'apprécier. Il était beau, d'ailleurs, Minhwan : des cheveux bruns légèrement ondulés, un visage doux, mignon. Ouais, pas mal, ce jeune homme. Par contre, même s'il était plus jeune, il était plus grand. Jungsu n'aimait pas se sentir petit à côté des autres. Mais bon, tant pis. Il était vraiment mignon, peu importait le reste.

« Ça te dérange vraiment pas que je reste une semaine ici ? demanda Minhwan après un long moment de silence.

— Non, ça me fera de la compagnie.

— Je vois… merci pour le repas, en tout cas. Ça fait du bien de manger.

— T'as pu te réchauffer ?

— Oui, merci.

— Ok, cool. »

Minhwan ne répondit pas. Jungsu non plus n'avait pas su quoi dire. « Ok, cool », fallait être con pour répondre ça. Son cadet ne semblait pas vexé. Bon, tant mieux. Il avait dû se rendre compte que

Jungsu était comme ça. Il était pas très causant, Jungsu. Pas le courage de parler, c'était fatigant. Toujours économiser sa salive. Tourner sept fois la langue dans sa bouche, aussi. Hum, il tournerait bien sa langue dans la bouche de Minhwan. Ouais, fallait avouer qu'il était mignon, Minhwan. Il avait dit qu'il était bi, non ? Bof, peu importait. Ils n'étaient rien de plus que deux types las de la vie. Las à en crever. L'amour n'avait rien d'une priorité.

Qu'était-ce, l'amour ? Jungsu aimait la musique. Belle passion. Est-ce qu'on s'attachait autant quand on était amoureux ? Sans doute. En tout cas, c'était ce que les dramas disaient. Jungsu n'aimait pas beaucoup les dramas. Trop longs. Il n'avait jamais le courage de suivre toute l'histoire. Les histoires, pourtant, il aimait bien. Peut-être parce qu'il les racontait à travers la musique. Oui, Jungsu aimait décidément beaucoup la musique. La créer, l'écouter. Il aimait ça. Belle passion.

« Hyung[2] ? hésita timidement Minhwan comme s'il craignait que cette appellation ne plaise pas.

— Ouais ?

— Je… où est-ce que je dormirai, par contre ?

— J'ai un lit à deux places, ça te dérange de dormir avec moi ?

— Non, ça me va. Merci beaucoup.

— Je t'en prie. Tu veux un dessert ?

---

[2] *Terme utilisé en Corée du Sud par un garçon pour désigner de façon affectueuse un garçon plus âgé (un grand frère, un ami très proche, etc.).*

— Non merci, c'est gentil. Je… enfin… non, rien.

— Tu peux parler librement, ici, tu sais. C'est pas moi qui vais te juger, dit Jungsu en haussant les épaules devant la mine embarrassée de son cadet.

— C'était rien d'important. Juste que je mange pas beaucoup, depuis un certain temps, alors j'ai perdu l'habitude des gros repas.

— T'es anorexique ? »

Peut-être un peu violente, la question. Minhwan déglutit. Il parut déstabilisé. Par la question ou par la nonchalance dont Jungsu avait fait preuve en la posant ? Aucune idée, mais ça le mettait mal à l'aise. Il détourna le regard.

« Réponds pas si t'as pas envie, oublie, dit Jungsu. C'est rien du tout.

— Je suis pas anorexique, murmura Minhwan. J'aime mon corps, mais j'ai juste pas envie de manger… quand je me sens mal. »

~~~

Ce que Minhwan voulait dire par là, c'était qu'il avait rarement le cœur à avaler quoi que ce soit quand il avait pleuré, et ces temps-ci, ça lui était souvent arrivé. Sa sensibilité lui avait semblé s'accroître, et chaque fois qu'il sanglotait, sa gorge serrée ne lui permettait même pas d'imaginer manger quoi que ce soit. Il n'avait dans ces moments-là qu'une envie : aller se coucher, fermer les yeux, s'oublier. S'oublier à tout jamais – ça, c'était quand il avait un peu trop songé à ses soucis.

« T'es maigre, toi aussi, ajouta Minhwan. T'as des problèmes avec la nourriture ?

— Non. »

Le cadet lui adressa un regard inquisiteur dans le but de l'inciter à poursuivre. Jungsu avait répondu avec son éternel détachement, si bien qu'il ne doutait pas de sa sincérité, mais sa curiosité le poussa à désirer en savoir plus. En vérité, il souhaitait simplement comprendre ce jeune garçon qui, derrière des phrases courtes et ennuyées, lui semblait une personne douée d'un esprit complexe et vif.

« Ni le temps ni le courage, expliqua Jungsu. J'ai d'autres choses à faire, je pense pas à la bouffe. J'ai pas souvent faim.

— Je vois…

— Tu veux dormir un peu ? T'as des cernes assez effrayants.

— Toi aussi.

— J'ai toujours les yeux cernés.

— Oh… Je veux me reposer, oui. Merci encore.

— Pas besoin de me remercier. Viens. »

Il se leva. Minhwan, dans un souci de politesse, proposa de l'aider à nettoyer la vaisselle ; son hôte déclina. Il ouvrit la dernière porte du studio, celle derrière laquelle se trouvait la chambre. Plus spacieuse que la cuisine-salon, c'était une pièce tout aussi sobre que le reste de l'appartement. En résumé, c'était très impersonnel : des tons de blancs et de gris, aucun poster, aucune photo, une décoration dépouillée et minimaliste qui n'était rendue chaleureuse que par les quelques meubles de bois clair. C'était élégant, certes, mais c'était triste.

Un peu comme Jungsu : son visage peu expressif, sa voix morne et traînante, sa peau pâle... il devait se sentir bien, ici.

La chambre de Jungsu ne comportait que peu de mobilier : il n'y avait rien de plus qu'un grand lit, une armoire, une étagère et un bureau autour duquel avait été installé tout son matériel de musique. Minhwan fut impressionné, il ne connaissait rien à ce qu'il voyait, mais ça le fascinait.

« Tu pourras me faire écouter tes compositions ? s'enquit-il.

— Ouais, comme tu voudras. »

Pour lors, c'était par le lit que Minhwan était le plus intéressé : s'il avait tenté de dormir pendant le trajet, il s'était cependant avéré qu'il n'y était pas parvenu. Il était épuisé, il sentait bien que dès lors qu'il s'allongerait, ses paupières s'alourdiraient.

Le cadet appuya d'abord un genou hésitant sur le matelas, puis s'y installa. L'odeur de Jungsu était, ici, beaucoup plus prononcée qu'ailleurs. Ça demeurait ténu, pourtant ça lui paraissait marqué. Les oreillers également en étaient imprégnés. Une fois étendu, Minhwan en saisit un dans ses bras et posa la tête sur un autre. Cela lui sembla plus confortable encore quand il remonta le drap jusqu'à son nez et qu'il ferma les yeux.

De cette façon, seul existait le parfum de Jungsu. Il aimait bien : ça rappelait sa présence auprès de lui pour le sauver, cette nuit-là. D'une certaine manière, ça le rassurait.

Jungsu quitta la pièce dans un « à plus » qui, étrangement, réchauffa le cœur de Minhwan. C'était pourtant son éternel ton détaché qu'il avait employé, un ton presque froid, un ton que lui connaissait désormais Minhwan et qui, d'une certaine manière, le rassurait.

Il voulait qu'il le rassure encore.

« Hyung, attends… »

Jungsu obéit. Il s'arrêta, marqua un court moment d'hésitation au terme duquel il se retourna pour lui demander s'il avait besoin de quelque chose.

Son cadet rougit de ce qu'il souhaitait. Il en ressentait pourtant l'impérieuse nécessité, alors s'en trouverait-il honteux ? Peu importait la honte, finalement, il n'en pouvait plus de se sentir esseulé.

« Dis, souffla-t-il juste assez haut pour que l'aîné l'entende, est-ce que tu veux bien venir dormir, toi aussi ?

— Avec toi ? demanda Jungsu après un silence.

— Oui, s'il te plaît. On… on peut avoir chacun notre côté du matelas, hein ?

— Ouais, si tu veux.

— T'es fatigué, au moins ?

— Ouais, mais je me disais que je viendrais après, quand tu serais déjà endormi. Comme ça, je te dérangerais pas.

— Pourquoi tu me dérangerais ?

— Je sais pas. On se connaît à peine, je pensais que tu serais gêné. »

Il avait vu juste ; Minhwan se mordit l'intérieur de la joue. Oui, il devrait se sentir embarrassé de poser une telle question… mais en son cœur brûlait ce désir de compagnie, un désir plus fort que tout.

« Je veux pas être seul… »

Il avait serré un peu plus fort l'oreiller contre lui, et Jungsu perçut sa détresse. Il opina : « Je me dépêche d'aller prendre ma douche et j'arrive. »

Lorsque son aîné fut parti, le plus jeune esquissa un sourire en même temps qu'il écrasa une larme. Une larme de soulagement, une larme de bonheur. Pour la première fois depuis trop longtemps, il lui semblait qu'enfin quelqu'un le comprenait…

Chapitre 6

Jungsu se lavait. Quel bonheur, un peu de chaleur. Il aimait bien, le froid, quand même. Mais là, il voulait du chaud. Hop, petit nuage de vapeur. Le miroir, complètement couvert de buée. Petit, il écrivait dessus. Surtout sur la buée de la vitre de sa portière, dans la voiture de ses parents. Il dessinait des notes. Sa mère trouvait ça mignon.

Comment allait-elle, d'ailleurs, sa mère ? Quand est-ce qu'elle l'avait appelé pour la dernière fois ? C'était plutôt récent. Elle voulait lui dire quoi, déjà ? Ah oui, « papa a eu une promotion ». Jungsu était content pour son père. Il travaillait dur, son père, c'était mérité. Jungsu lui avait envoyé un petit message pour le féliciter. Simple, concis. C'était son truc, la concision. Pas de temps à perdre avec d'élégantes tournures. L'important, c'était l'information. Le monde allait vite, il fallait suivre.

Jungsu avait préféré tenter de le quitter.

Mais il ne l'avait pas fait, et maintenant il avait un garçon à peine plus jeune que lui étendu dans son lit. Drôle d'histoire. Est-ce que sa mère le croirait s'il le lui annonçait ? Peut-être pas. Sûrement pas. Ou peut-être que si. Elle savait que son fils était « un peu différent », comme elle disait à ses amies. Oui, il savait ce qu'elle disait à ses amies. C'était son petit frère qui avait tout cafté. Alors il était au courant.

Son frère aussi, ça faisait longtemps qu'il ne l'avait pas vu. Quel âge il avait, aujourd'hui ? Probablement plus jeune que Minhwan, mais pas de beaucoup. Un an ou deux.

Jungsu s'essuyait distraitement. En vérité, il faisait toujours tout distraitement. Il était toujours distrait. On appelait ça « être dans la lune ». Ah, si seulement ça pouvait être vrai. À quoi ça ressemblait, la lune ? Des cratères, pas de vie, froid, invivable.

À part les cratères, c'était une bonne description de son appartement…

Jungsu enfila son pyjama. Sobre, comme lui. Il l'avait acheté trois ans auparavant. Vert, ça lui allait bien. Il aimait le vert. Un jour, son ancien petit ami lui avait confié que c'était sa couleur préférée parce que ça lui rappelait la nature, et que la nature lui rappelait l'espoir. Il avait trouvé le rapprochement sympa. Alors il aimait le vert.

Il revint à sa chambre. Minhwan était sur son portable. Des notifs, peut-être ? Le rappel de son calendrier, « être mort aujourd'hui » ? Oups, mauvaise blague. C'était mal, de rire de ça. Lui aussi, il avait failli y passer. Ce n'était pas pour autant qu'il avait acquis le droit d'en rire.

Minhwan reposa son téléphone. Éteint, sur la table de chevet. Bon. Jungsu jeta un coup d'œil à l'heure. À peine sept heures du matin. Ils allaient sans doute au moins dormir jusqu'à midi. Hum, c'était cool de se réveiller pour le déjeuner.

L'aîné alla se coucher. Son nouvel ami – il le considérait ainsi… peut-être – s'était décalé. Il lui laissait tout un côté du lit. Est-ce qu'il craignait d'empiéter sur son espace vital ? L'espace vital de ce qui aurait dû être un cadavre… d'accord, il devait réellement arrêter les blagues. Même pour lui-même. Ce n'était pas sain.

Jungsu s'allongea. Il poussa un soupir de bien-être. Ah, le confort d'un bon lit douillet. Il n'y avait décidément rien de tel.

Minhwan était face à lui. Il le regardait. Alors son hôte le regardait aussi. En fait, ils se regardaient tous les deux. Pourtant Jungsu avait baissé les stores et éteint les lumières. Tout noir, ou presque. Mais ils se regardaient. Et ils savaient qu'ils se regardaient. C'était bizarre, non ? De se regarder. C'était encore plus bizarre que Jungsu ne se sente pas mal à l'aise. Il en ignorait la raison, pourtant il était serein. C'était rare qu'il soit serein. Il se sentait rarement stressé, mais il n'était jamais parfaitement paisible. Il était las, alors il pensait beaucoup. Ça l'empêchait de se sentir paisible.

Or, quand il était avec Minhwan, il ne pensait pas. Il y avait simplement Minhwan. Minhwan et rien d'autre. Probablement parce qu'il n'était plus habitué à avoir de la compagnie. Trop longtemps qu'il était là, tout seul, « dans la lune ».

« Dors bien, dit tout bas Minhwan.

— Merci, toi aussi. »

Le jeune homme ferma les yeux. Jungsu le regarda encore. Minhwan se recroquevilla. Il serrait toujours le coussin. Il avait posé le menton dessus. Sa joue était écrasée sur son oreiller. Mignon. On croirait un gamin.

Jungsu ferma les yeux aussi. C'était paisible. D'habitude, pas un bruit. Aujourd'hui, la respiration tranquille de Minhwan. Il aimait le silence, mais il aimait aussi la respiration de Minhwan.

~~~

Comme il s'en était douté, Minhwan s'assoupit aussitôt qu'il eut fermé les yeux. Épuisé, il lui avait fallu lutter férocement contre la torpeur pour attendre le retour de Jungsu dans la chambre. Son portable lui-même l'endormait, c'était dire s'il était fatigué…

S'allonger dans un lit lui avait procuré un bien fou, même s'il en ignorait la raison exacte : il s'était senti si détendu que ses muscles lui avaient paru constitués de coton. Tout son corps s'était relâché, les tensions lui avaient semblé lointaines. Il attribuait ça au sommeil qui s'était rapidement emparé de lui, mais il savait que la présence de Jungsu n'était pas innocente à tout ça. Ça expliquait pourquoi il ressentait l'impérieux besoin de tenir entre ses bras cet oreiller qui ne lui appartenait pourtant pas.

Enfin endormi, il voyagea dans des mondes desquels il n'était pas maître. Déboussolé lorsqu'il s'éveilla, il cligna à plusieurs reprises des paupières avant de se rappeler où il était et pourquoi. Jungsu était étendu au même endroit qu'il s'était couché, il n'avait pas bougé d'un millimètre – Minhwan non plus, d'ailleurs.

Un regard au réveil sur la table de chevet indiqua au plus jeune qu'il était midi passé. La nuit, si on pouvait la considérer ainsi, s'était avérée courte. Malgré tout, le cadet se sentait bien, il se sentait reposé, il se sentait, dans une moindre mesure, soulagé. S'il avait rouvert les yeux après les avoir fermés, c'était grâce à l'idée farfelue de Jungsu.

Il aurait dû trouver, une fois réveillé, un endroit inconnu, lieu des âmes déchues. Pourtant, c'était bel et bien dans la chambre de Jungsu qu'il était allongé, aussi paisible que s'il demeurait au tombeau – mais vivant.

Une dernière chance, qu'est-ce que ça impliquait ? Jungsu souhaitait comprendre sa raison de mourir, mais il la lui avait déjà expliquée : seul, désespéré, rejeté, et humilié par la haine de ceux en qui il avait jadis placé sa confiance. Qu'ajouter à ça ? Y avait-il au moins aux yeux de Jungsu une raison valable de se suicider ? L'ennui ? Non, ça ne pouvait pas être reçu comme une raison valable, Minhwan en était convaincu. Cette lassitude qu'évoquait son aîné avait tout l'air d'être liée à une dépression : il n'avait aucun but dans la vie, aucune ambition – rien, en somme, pour le retenir parmi les vivants.

Mais lui, Minhwan… il ne voyait pas non plus quoi que ce soit qui le retienne ici-bas. Au contraire, tout ce qui se trouvait dans ce monde l'incitait à le quitter pour un ailleurs éternel et serein. C'était une bien meilleure raison !

Y avait-il des raisons meilleures que les autres ? Fallait-il avoir un véritable motif pour en finir ? Non, ça n'avait aucun sens. Mourait celui qui avait envie de mourir, tout simplement. Le suicide apparaissait comme l'ultime preuve de liberté, c'était une décision qu'il avait prise et qu'il n'avait pas à justifier… dans ce cas, pourquoi avait-il accepté d'essayer de se justifier, qui plus est auprès d'un parfait inconnu à qui il n'avait aucun compte à rendre ?

Stupide, ça n'avait aucun sens.

Pourtant il était étendu auprès de Jungsu ; ça non plus, ça n'avait aucun sens. Un garçon rencontré au cours d'une nuit impétueuse. Comment lui accorder une simple once de confiance ? Le désespoir, sans doute, oui, mais ça n'expliquait pas tout.

Minhwan creusa son cœur, tenta d'y voir ce qui s'y cachait. Pourquoi avoir accepté de suivre Jungsu ? Uniquement le désespoir ? Non, ça lui paraissait beaucoup trop incohérent : en temps normal, il se méfie toujours énormément de l'inconnu.

Peut-être… qu'il n'avait pas seulement agi par désespoir. Maintenant qu'il se concentrait sur ses émotions, il percevait aussi une lueur d'espoir ravivée par son aîné : Minhwan voulait croire en lui, il voulait croire que Jungsu pouvait lui permettre de s'en aller l'âme en paix. Il avait tant souffert qu'il se sentait sans cesse tourmenté, pourtant cet étranger lui donnait la sensation de parvenir à le tempérer. Sa façon de parler, son inlassable détachement ; tout ça contribuait à apaiser la monstrueuse tempête des sentiments de son cadet. Les vagues dévastatrices devenaient un flot tranquille.

Si Minhwan devait en finir, il voulait partir de cette façon, le cœur serein.

Lorsque Jungsu ouvrit les yeux, il lui accorda un mince sourire. Dans cette obscurité, le plus jeune put à peine le distinguer mais le lui rendit. Un regard au réveil lui indiqua qu'il s'était perdu deux heures durant dans ses pensées.

« Bien dormi ? s'enquit Jungsu.

— Oui, merci. Et toi ?

— Pareil. Ça fait du bien.

— Ouais.

— Tu veux grignoter quelque chose ?

— Je veux bien. »

Tant qu'ils étaient ensemble.

Chapitre 7

Bon, problème : qu'est-ce que Minhwan aimait manger ? Pas la moindre idée. Jungsu n'en savait rien. Grignoter quelque chose… Un truc sucré, peut-être ? Tout le monde aimait le sucre. Minhwan aussi devait aimer. Mais il mangeait peu. Donc quelque chose de léger.

Sucré et léger…

« J'ai des glaces, si tu veux, dit-il.

— Ouais, je veux bien. »

Bingo !

Second problème : se lever du lit. Pas le courage. Jungsu voulait rester allongé. Minhwan avait décidément de la chance d'avoir un petit minois angélique. Il lui aurait dit d'aller la chercher, sinon. Mais Jungsu se leva. Son cadet l'imita. Ils allèrent à la cuisine. Au congélateur, il restait un paquet d'esquimaux. Goût orange. Il aimait bien.

« Ça te va ?

— Oui, merci beaucoup.

— C'est normal. »

Chacun prit un bâtonnet.

« Tu peux me faire écouter tes chansons ? »

Minhwan avait demandé ça avant même que l'autre ne propose qu'ils s'installent sur le canapé.

Jungsu opina. Il lui fit signe de le suivre. Ils retournèrent à la chambre. Le cadet ouvrit les stores pour laisser entrer la lumière. Son aîné alla directement à son ordinateur. De sa main libre, il entra son mot de passe. Il fouilla dans ses documents. Minhwan était revenu. Il regardait par-dessus son épaule. Sans gêne.

« Oh, c'est toi qui chantes sur les guides ? »

Merde, il avait vu son dossier.

« Ouais.

— Je peux écouter ?

— Ma voix est pas ouf.

— Je veux écouter quand même.

— Comme tu veux. »

Il sélectionna une chanson. Minhwan écouta. Du rap. Il avait dû s'en douter.

Les deux suçotaient leur glace. Tranquillement. La musique défilait. Minhwan avait l'air concentré. Il avait les sourcils un peu froncés. C'était plutôt mignon, sur lui. Minhwan était mignon, certes, mais plus encore avec cette moue intéressée. Est-ce qu'il était intéressé ? Bonne question. De quoi Jungsu avait-il l'air quand il était intéressé ?

Question stupide. Il était si rarement intéressé par quoi que ce soit. Son expression changeait sans doute peu. Toujours le même visage. Toujours le même masque. Celui de la lassitude. Il ne s'intéressait pas, il s'ennuyait. Un peu moins, maintenant. Vingt-quatre heures dans une journée, c'était long, mais pas avec Minhwan. Enfin, pas pour l'instant. Il l'occupait. Jungsu aimait bien ses réactions. Lui, son visage exprimait facilement ses émotions, et il éprouvait un sacré paquet d'émotions.

C'était rare que Minhwan affiche un air neutre. Des quelques heures qu'ils avaient passées ensemble, Jungsu pouvait affirmer qu'il n'avait pas encore vu Minhwan avec une moue lasse. Même quand ils mangeaient. Il avait une mine presque soulagée. Soulagée ? Jungsu n'était pas sûr. Lui qui n'éprouvait pas grand-chose, pouvait-il lire les émotions des autres ? Pas facile. Un peu galère.

Mais là, il voyait bien que Minhwan était concentré.

La musique s'acheva. Le silence. Un peu long. Ça en aurait mis beaucoup mal à l'aise. Pas Jungsu. Il s'en foutait. Il était habitué au silence. Il aimait bien. Ça devenait long. Les glaces étaient bientôt finies. Minhwan avala finalement le dernier morceau de son esquimau.

« Hyung, dit-il le regard toujours rivé sur l'écran.

— Oui ?

— T'as pas le droit de mourir, pas avec un talent pareil.

— C'est pas toi qui vas m'empêcher de clamser, tu sais ?

— Ouais, mais c'est injuste. Comment tu peux être aussi indifférent et écrire des textes aussi profonds ?

— Je sais pas.

— T'as écrit combien de chansons ?

— Je te laisse regarder. »

Jungsu désigna la souris du menton. Minhwan retourna dans le dossier des guides. Ils étaient numérotés. Il fit défiler les fichiers.

« Putain… comment on peut écrire autant et être si jeune ? T'en es à ta troisième vie, c'est ça ? dit Minhwan les yeux ronds.

— J'ai que ça à faire, j'imagine.

— Tu dois y passer tes journées…

— Et mes nuits, parfois.

— Tu fais tout ?

— Je suis aidé.

— Pour les paroles ?

— Parfois.

— Tu composes, aussi, tu m'as dit, non ?

— Ouais.

— C'est hallucinant…

— Si tu le dis.

— Je peux en écouter d'autres ?

— Si tu veux. »

Minhwan en écouta d'autres. Plein d'autres. Au début, Jungsu était un peu gêné. C'était étrange de recevoir l'attention et les éloges de quelqu'un. Mais il aimait bien. L'agence qui l'employait lui faisait des éloges, parfois. En fait, c'était assez rare. Généralement, c'était des critiques. Et puis quand c'était bien, ils le payaient. Jungsu préférait les éloges à l'argent. Il n'aimait pas monnayer la reconnaissance de son travail.

Il aimait vraiment bien Minhwan. Il était gentil. Honnête. Ça lui plaisait.

~~~

Le plus jeune, après deux chansons supplémentaires, prit place sur le fauteuil du compositeur. Jungsu le lui avait proposé, il avait sans doute remarqué que Minhwan n'osait pas s'y installer.

Le cadet, d'ailleurs, avait cru que l'autre s'en irait en constatant qu'il ne comptait pas décrocher son attention de ses musiques, mais non. Jungsu s'était assis en tailleur sur le lit, lui aussi écoutait. Minhwan ne se privait donc pas de lui faire part de ses impressions entre deux morceaux. Le jeune auteur ne semblait pas particulièrement touché des compliments qu'il lui offrait, mais son ami savait malgré tout que ça lui plaisait probablement – raison pour laquelle il s'entêtait à continuer ses éloges.

Et puis, il lui aurait demandé de se taire s'il n'appréciait pas. Jungsu pouvait se montrer bien assez honnête et direct pour ça.

« Hyung, pourquoi t'as écrit autant de chansons sombres ?

— Je sais pas. Ça m'inspirait.

— Et… ça reflète ce que tu ressens ?

— J'imagine.

— T'as pas peur d'écrire sur ce sujet ? C'est quand même… intime, et plutôt mal vu.

— L'amour aussi, c'est intime, et tout le monde en parle, répliqua Jungsu en haussant les épaules.

— T'écris pas sur l'amour.

— Je suis honnête avec moi-même.

— T'as jamais été amoureux ?

— Je sais pas. »

Minhwan hocha lentement la tête, reconnaissant que Jungsu pense à ne pas lui retourner la question. L'amour l'avait conduit si près de la mort, c'était effrayant. Il ne désirait pas évoquer ça, du moins pas maintenant.

« Et toutes ces chansons, qui les chante ? À qui tu les donnes ? demanda-t-il encore.

— À part à l'agence qui m'embauche, je les file à des artistes que je connais un peu, mais ils sont pas très connus. Faut croire qu'il y a qu'à toi que mes textes plaisent.

— Non, je suis convaincu que si un rappeur ou un groupe populaire les interprétait, il aurait un succès fou. Tes textes sont dingues, t'imagines même pas. Je... j'aurais honnêtement jamais cru lire quelque chose d'aussi poignant un jour.

— À ce point ?

— Ouais.

— Cool, merci.

— Hyung, est-ce que tu te rends vraiment compte que t'es un génie ?

— Pff, dis pas de conneries, ricana Jungsu en affichant un rictus moqueur.

— Je suis sérieux ! Tes textes sont fous, mais pas seulement : la musique est vraiment belle, chaque fois elle est si expressive à elle seule ! Et puis ta voix, faut pas l'oublier : t'as un grain de voix magnifique quand tu te mets au rap ! Je veux dire... t'as un ton tellement monotone quand tu t'exprimes, c'est assez déstabilisant de t'entendre avec cette voix bourrée d'émotions, vibrante tantôt de détresse, tantôt de colère.

— Tu trouves ?

— T'es très impliqué émotionnellement dans tes textes, je suis convaincu que si c'était toi et non d'autres artistes qui les interprétaient, tu gagnerais très vite en popularité.

— Je suis content que ça te plaise autant, en tout cas. »

Minhwan sourit malgré ses yeux qui ne cessaient de témoigner de la profonde mélancolie qui le suivait comme le boulet d'un condamné. Jungsu, toujours en tailleur sur le lit, esquissa à son tour un sourire très doux, léger, presque éthéré. Minhwan en fut touché, il le trouvait si beau. Il dégageait quelque chose de foncièrement innocent, presque enfantin.

Le cadet se redressa, quitta le bureau et s'assit auprès de son nouvel ami.

« Je pensais pas rencontrer un jour quelqu'un d'aussi admirable et mystérieux que toi, avoua-t-il.

— Admirable et mystérieux ? C'est pas franchement ce qui me qualifie le mieux...

— À mes yeux, si. T'as l'air très réservé, mais t'as un talent qui irradie. C'est juste dingue. Je sais que je me répète, mais faut que tu gardes pour toi les chansons que tu crées, faut que tu les interprètes.

— J'oserais pas, et puis j'ai pas vraiment envie d'être connu.

— Pourquoi ?

— C'est ennuyeux.

— Mais tu pourrais te cacher derrière un pseudo, voire un avatar. Tu serais pas obligé d'être Jungsu, l'important ce serait juste qu'on t'entende.

— Les gens ne sont pas prêts à s'investir auprès d'un artiste s'ils ignorent tout des moindres détails de sa vie privée.

— Alors vise le marché international, c'est très différent !

— Minhwan… non.

— Je vois… »

Comprenant qu'il ne parviendrait pas à le faire changer d'avis, Minhwan baissa les bras. Il se contenta de hocher doucement la tête en affichant un air pensif. Jungsu, son sourire en coin, posa l'index sur sa joue.

« Allez, arrête de faire cette tête, ricana-t-il. C'est quoi le souci, finalement ?

— Je sais pas… J'aime pas l'idée qu'un artiste comme toi soit relégué à… à rien, quoi. C'est frustrant de savoir que t'es pas le seul, qu'il y a de nombreux talents qui sont pas reconnus.

— Et qu'est-ce que ça peut te faire ?

— Je sais pas.

— T'es quelqu'un qui fonctionne beaucoup avec le cœur, Minhwan.

— Comment ça ?

— Tu t'emportes rapidement, t'es très passionné. Je trouve ça assez fascinant.

— Ah bon, tu trouves ?

— T'es pas remarqué ? Tu t'indignes, tu t'émeus, tu t'investis émotionnellement dans tout ce qui t'entoure.

— J'imagine qu'à notre manière, on le fait tous.

— Possible, mais moi je me sens plutôt détaché.

— Pas faux, j'avais remarqué... »

Les deux garçons, assis l'un à côté de l'autre, demeurèrent muets. Leurs seules respirations brisaient le calme parfait qui régnait ici.

« On est si différents, murmura Minhwan que ce silence mettait mal à l'aise, pourquoi tout ça est arrivé ? Notre rencontre, et puis... cette seconde chance.

— On a tous le droit à une seconde chance. C'est le destin. On devait pas mourir.

— Est-ce que ça veut dire qu'on peut se sauver l'un l'autre, ou simplement que c'est partie remise ?

— Ça, on le saura dans sept jours... »

Chapitre 8

La nuit tomba plus rapidement que l'avait imaginé Minhwan. L'obscurité froide de ce mois de mai ne lui plaisait pas. Elle lui évoquait d'inquiétantes pensées qu'il peinait à repousser. Il craignait le noir comme un enfant qui croyait y voir des monstres. Ainsi, alors que Jungsu et lui venaient de finir de dîner et envisageaient d'aller se coucher, Minhwan prit son courage à deux mains. La mine déconfite, il bredouilla :

« H-Hyung, est-ce que… on… est-ce qu'on peut laisser une petite lumière ?

— Une lumière ?

— Oui, cette nuit.

— T'as peur du noir ? »

Humilié, Minhwan tenta de trouver quoi répondre, comment se défendre pour qu'il ne se moque pas de lui et ne…

« On pourra allumer la lampe du bureau, si tu veux. Elle éclaire pas super bien, ça gênera pas mais ça fera un peu de lumière.

— C'est vrai ?

— Ouais, si ça te rassure y a aucun souci avec ça.

— Merci, merci beaucoup.

— T'en fais pas, c'est rien du tout. »

Le cadet crut sentir son cœur se soulever de soulagement dans sa poitrine : Jungsu s'avérait si compréhensif, si calme et posé. Plus le temps passait, plus Minhwan le percevait comme un bloc de glace, tandis que lui formait un brasier. Son aîné le lui avait dit : l'un se montrait passionné, alors que l'autre demeurait stoïque en toutes circonstances. Le feu et la glace, les âmes abîmées par les brûlures et les gelures. Ils étaient deux garçons complètement opposés, rien dans leur caractère ne concordait... pourtant, c'était sans doute ce qui rendait leur rencontre si belle.

L'un parvenait à tempérer l'autre : Minhwan poussait Jungsu à réfléchir à ses émotions tandis que ce dernier lui permettait d'apaiser les tourments grondants de son être. Le plus jeune éprouvait la sensation qu'auprès de Jungsu, il se reposait. C'était pareil à des vacances : ça ressemblait à une parenthèse agréable entre deux moments difficiles.

Préférant ne pas songer au moment difficile qui risquait de suivre ladite parenthèse, Minhwan adressa un sourire à son aîné. Il en ignorait la raison, mais ici, il souhaitait profiter de cette tranquillité pour détendre son esprit torturé. Les deux garçons avaient décidé de s'offrir une seconde chance pour tenter de se prouver que leur volonté de mourir était justifiée... mais était-ce véritablement le cas ?

Loin de ceux qui l'avaient fait souffrir, loin des regards scrutateurs et des langues de vipères...

Minhwan revivait.

~~~

Peur du noir… Mignon. Minhwan lui avait demandé ça avec un visage si désespéré. Comment refuser ? Il aurait fallu être cruel. Jungsu n'était pas cruel. Il était attendri. Il ne pouvait pas refuser ça à Minhwan. Au moins, sa lampe servirait à quelque chose. Il n'aimait pas beaucoup cette lampe. Elle n'éclairait pas assez à son goût. Pas pratique. Il ne l'allumait plus depuis longtemps. Est-ce qu'elle fonctionnait toujours ? Peut-être. Il ne savait pas trop. Beaucoup de choses chez lui ne fonctionnaient plus. Il n'avait pas le courage de les changer. Tant que ce n'était pas important, en tout cas.

Qu'est-ce qui était important, finalement ? Sa vie, à en croire Minhwan. Pourquoi y pensait-il encore ? Minhwan le lui avait dit dans l'après-midi. Ça faisait au moins quatre ou cinq heures. Il y pensait encore. Est-ce que ça lui faisait plaisir ? Oui. Est-ce que ça flattait son égo ? Aussi, probablement. Il était content. On ne le complimentait pas beaucoup. Est-ce que c'était pour cette raison qu'il s'intéressait peu à l'avis des autres ? Sans doute. Il avait fini par ne plus leur accorder d'importance. Eux ne lui en accordaient pas, après tout. Il ne se rappelait plus si au début ça l'avait attristé. Aujourd'hui, en tout cas, ça l'indifférait parfaitement. Pas sa faute si les autres étaient cons.

Il ne s'était pas beaucoup ennuyé. C'était cool. Il avait bien aimé. Enfin, il ne savait pas s'il pouvait dire qu'il avait « aimé ». En tout cas, ça avait été cool. Il avait écouté ses chansons avec Minhwan. Il avait regardé la télé avec Minhwan. Il avait préparé le dîner avec Minhwan.

Et là, il allait dormir avec lui. Vingt-quatre heures auparavant, ils ne s'étaient encore jamais rencontrés. Drôle de monde, quand même.

Jungsu se lava les dents. Dans la chambre, Minhwan attendait. Jungsu revint. Il alluma la petite lampe. Minhwan se coucha de son côté. Jungsu éteignit la lampe de la pièce. Une lueur faiblarde prit le relais. Ça allait être étrange pour Jungsu. Il n'était plus habitué. Il aimait bien s'endormir dans le noir complet. Mais Minhwan n'aimait pas. Tant pis.

Les paupières closes, Jungsu attendait que le sommeil vienne le cueillir. Est-ce que Minhwan dormait ? Sa respiration était calme, régulière. Il pouvait très bien ne pas dormir. Jungsu ne savait pas trop. Le souffle de Minhwan était reposant. Il prouvait qu'il vivait encore. Alors comme ça, Jungsu trouvait finalement ça reposant, de vivre ? Non, il trouvait ça reposant que Minhwan vive. Sa vie à lui, elle était ennuyeuse. L'ennui n'était pas reposant très longtemps. Très vite, ça devenait simplement pesant. Mais avec Minhwan, il ne s'ennuyait plus. Donc si, c'était reposant, de vivre. Mais seulement avec Minhwan. Il n'était pas déjà arrivé à cette conclusion un peu plus tôt dans la journée ? Ah si, peut-être. Alors disons que c'était reposant de dormir avec Minhwan.

D'avoir simplement de la vie à côté de lui. Dans son quotidien monotone. Auprès de Minhwan, il ne pensait plus ni à la pluie ni au sommeil.

Jungsu battit des paupières. C'était le matin. Il le savait parce que les rayons du soleil avaient rendu la lampe inutile. Il faisait beau, pas comme la veille. Il avait beaucoup plu, la veille. Quand il pleuvait, Jungsu aimait bien écouter. Le bruit de l'eau le rassurait. Mais il y avait eu Minhwan, les musiques, le film. Donc il n'avait pas écouté la pluie. Juste Minhwan, les musiques, le film. Et il avait bien aimé.

« Salut, hyung. »

Ah, Minhwan aussi était réveillé. Jungsu lui rendit son salut en se tournant vers lui. Un sourire fatigué fut échangé. Il sembla qu'aucun n'avait envie de se lever. Minhwan regardait Jungsu. Jungsu regardait Minhwan. Ils étaient songeurs, et ils se regardaient. Jungsu se demandait ce à quoi réfléchissait Minhwan. Peut-être que Minhwan faisait la même chose. Ce serait drôle, non ? Est-ce que Minhwan était en train de songer à ce qu'il faisait ici ? La question pouvait se poser. Suivre un inconnu, c'était loin d'être anodin.

Une idée illumina soudain l'esprit de Jungsu.

« Tu voulais être sauvé, dit-il.

— Hein ? balbutia Minhwan en revenant à lui.

— Dans la forêt. T'as jamais eu l'intention de mourir, hein ?

— Qu'est-ce que tu racontes ?

— Tu sais que des gardes forestiers la sillonnent dans l'espoir de croiser des gens comme nous et de les ramener à la raison. Tu voulais qu'un gardien te trouve. Tu voulais qu'on te sauve, cette nuit-là. Tu comptais pas vraiment en finir. »

Minhwan déglutit. Jungsu le vit tout à coup mal à l'aise. Sujet sensible, pas étonnant. Est-ce qu'il fallait ne pas en parler pour autant ? Ça pouvait lui faire du bien, d'en parler. Jungsu voulait qu'il parle. Pourquoi ? Bonne question. Il voulait savoir s'il avait raison. Il en était convaincu, lui. Minhwan n'avait jamais eu l'intention de mettre fin à ses jours. Ce n'était pas cohérent. Pourquoi, pas cohérent ? Aucun idée, mais Jungsu trouvait que ça ne collait pas.

Peut-être parce qu'il avait trouvé Minhwan assis, en pleurs. Peut-être parce que ça se voyait qu'il errait ici depuis un long moment. Un trop long moment. Et puis... il n'y avait pas que ça.

« Tes problèmes avec la nourriture, ça aussi c'est un appel à l'aide, non ? dit encore Jungsu. T'espérais que quelqu'un s'en aperçoive, que quelqu'un te tende la main. Mais y a eu personne. Pas dans ton entourage. Alors t'as voulu venir ici pour qu'un inconnu te propose de t'aider. Tu tiens à la vie. »

Ça semblait déjà plus logique.

Minhwan avait le corps crispé. Enfin, Jungsu ne pouvait pas savoir. Il ne savait pas si ses muscles étaient tendus. Mais ils en avaient l'air. Minhwan avait le visage crispé. Ça, c'était certain. Les traits tirés, mais l'air neutre. Bizarre. Pas étonnant. C'était un sujet sensible. Il avait été stupide d'en parler. Il avait simplement pensé que c'était une bonne chose. En parler. C'était conseillé, non ? Peut-être que ça pourrait aider Minhwan. En parler, se libérer, réfléchir, se remettre en question, se sentir libre. Il fallait parler. C'était important.

« Minhwan, ça va ? »

Jungsu fit la moue. Il affichait un air interrogateur. La lèvre inférieure de Minhwan se mit à trembler. Son corps aussi. Ce n'était peut-être pas une bonne idée, finalement. Jungsu aurait dû se taire. Il avait cru que ça l'aiderait. Il avait oublié que Minhwan était beaucoup plus sensible que lui.

Jungsu craignit que Minhwan ne fonde en larmes. Il ne voulait pas l'attrister. Il s'approcha de Minhwan. Il l'enlaça. Il posa la main contre son crâne pour l'inciter à se blottir contre son cou. Minhwan enroula les bras autour de sa taille. Il commença à pleurer.

Pour la première fois depuis une éternité, Jungsu sentit son cœur s'emballer. S'emballer de manière désagréable.

Chapitre 9

Bien sûr que si ! Bien sûr que Minhwan avait simplement cherché quelqu'un prêt à lui venir en aide ! Quelqu'un prêt à le sortir des ténèbres terrifiantes dans lesquelles ses idées noires l'avaient enterré à la manière d'un corps vidé de son âme ! Un cri, un appel au secours, c'était tout ça que traduisait son comportement destructeur, mais il n'avait rencontré personne pour le soutenir et lui affirmer sa valeur ! La solitude s'était montrée si vile, si sournoise ! Elle l'avait enveloppé comme une araignée tissait un cocon autour de sa proie, elle l'avait anesthésié pour l'endormir afin de le dévorer ensuite, quand son heure serait venue !

Le monde s'était révélé si cruel, Minhwan avait tant souffert de l'ignorance parfaite que l'on accordait à ceux qui ne souffraient pas physiquement ! Il aurait encore préféré qu'on lui arrache un membre plutôt que de subir jour et nuit les tourments du mépris général et de sa propre honte ! Quel crime avait-il bien pu commettre pour s'attirer les foudres de ses proches ? Comment l'amour avait-il engendré la haine ? Pouvait-on être reconnu coupable de ses sentiments ?

Coupable d'un cœur qui battait. Coupable d'une âme enflammée.

L'amour, un tort ? Ça lui avait du moins gâché la vie.

Incapable de retenir ses émotions, Minhwan avait fondu en larmes quand Jungsu s'était rapproché pour le prendre dans ses bras. Il avait souhaité se montrer fort, il avait souhaité tenir le coup… impossible. Pas lorsque quelqu'un l'enlaçait de cette façon afin de lui témoigner son soutien et son affection. Sentir la chaleur de Jungsu contre son corps avait fait éclater cette boule de sentiments qui lui obstruait la gorge, et aussitôt Minhwan n'avait plus su dissimuler sa peine.

Tant de souvenirs étaient remontés : toutes ces fois où il s'était lamenté, seul, en suppliant silencieusement que les choses changent. Des semaines à s'étouffer dans des sanglots inexistants aux yeux de ceux qu'il avait aimés et qui l'ignoraient désormais… des larmes fantômes versées par un misérable esprit errant au regard rougi par la douleur.

Car il ne restait plus rien de lui, rien qu'un être détruit.

Il se sentait happé par l'ombre, happé par un démon insidieux qui lui murmurait des atrocités, qui l'incitait à…

« Tout va bien, Minhwan, je suis là… »

Deux lèvres fines et chaudes qui se posèrent sur son front le tirèrent de ses pensées douloureuses comme d'un ravin. Les yeux jusque-là fermement clos, Minhwan battit des paupières avant de planter ses jolies prunelles brunes et humides dans celles de son aîné. Jungsu, une main autour de sa taille, une autre dans ses cheveux, tentait de le réconforter sans savoir comment s'y prendre.

Pourtant, il s'y prenait exactement comme il fallait. Son regard ancré dans le sien, son corps contre le sien, tout ça suffisait à prouver au plus jeune qu'il existait encore une personne ici-bas capable de lui témoigner une affection sincère. Il existait sur terre quelqu'un qui refusait de le voir pleurer, qui au contraire espérait le voir sourire. Quelqu'un pour le sauver ? Minhwan l'ignorait toujours, à vrai dire il ne s'était pas posé la question : avec Jungsu, il ne se posait plus de questions. Il vivait, tout simplement. C'était paisible, il ne pensait plus aux fantômes d'autrefois, il en oubliait jusqu'à leur haine.

La paume de son aîné qui se trouvait dans ses cheveux glissa lentement pour atteindre sa joue. D'un geste du pouce, Jungsu chassa plusieurs larmes que ses déclarations avaient fait couler. Minhwan ferma les paupières quand il passa la pulpe de son doigt juste sous son œil, et il put sentir une trace humide se former une fois ces larmes écartées.

« Je suis désolé, murmura Jungsu.

— T'as raison, admit Minhwan d'une voix cassée. Je... J-J'ai trop peur de m'en aller, mais j'ai pas la force de continuer seul. »

Il espérait que son ami lui susurre quelque chose comme « tu n'es plus seul maintenant », ou une phrase du même genre... mais Jungsu demeura muet. Il se contenta d'opiner avec douceur et de lui caresser tendrement la pommette. Minhwan voudrait lui demander de ne jamais cesser, mais il n'osait pas.

Qu'est-ce qu'il aimait, pourtant, ces si agréables contacts dont Jungsu s'avérait capable en dépit de son apparent détachement vis-à-vis du monde et de ses propres semblables.

Il n'avait peut-être pas dit ce que son cadet aurait désiré entendre, mais ses gestes parlaient bien plus qu'il l'imaginait sans doute. Quel délicieux réconfort...

~~~

Jungsu aimait bien la peau de Minhwan. Chaude, juvénile, agréable. Il aimait beaucoup. Juste un peu trop humide. Il n'aimait pas voir Minhwan pleurer. Probablement parce qu'il aimait bien Minhwan. Parce que Minhwan lui évitait l'ennui. Et parce qu'il s'attachait à lui. Jungsu était honnête avec lui-même. Il tenait à lui. Il avait rarement connu quelqu'un de si émotif. C'était touchant.

L'avoir dans les bras lui procurait une sensation étrange. Il était rassuré. Rassuré de quoi ? Aucune idée. Ça avait un rapport avec l'ennui. Il avait le sentiment que... Minhwan... qu'est-ce qu'il faisait ? Le tenir, il lui donnait l'impression que l'ennui ne le tourmenterait plus. Était-ce du bonheur qui lui réchauffait désormais le cœur ? Jungsu ne pouvait pas encore l'affirmer. Son âme se réchauffait aussi quand il était particulièrement satisfait d'une de ses productions.

Peut-être était-ce simplement un bonheur passager. Ça faisait bien longtemps qu'il n'avait plus étreint quiconque. Avoir le moindre contact avec autrui devait déclencher cette vague brûlante. Pas étonnant. Mais plaisant. Vraiment plaisant. Ça lui avait manqué, en fait. Embrasser quelqu'un aussi, ça lui manquait. Minhwan avait un beau visage. Ses lèvres étaient belles. Ça devait être agréable de l'embrasser. En tout cas, c'était vraiment plaisant de l'étreindre. Son souffle chaud contre sa nuque. Sa peau contre la sienne.

Jungsu sentait son cœur battre. Il sentait son corps réagir à cette proximité. Il aimait ça. Même s'il n'aimait pas que Minhwan soit triste.

Il lui embrassa le front. Ça le consolerait peut-être. Jungsu, quand il était enfant, ça le consolait. Alors ça consolerait peut-être Minhwan. Ça avait l'air de fonctionner. Minhwan le regardait avec de grands yeux. Ils étaient beaux, ses yeux, aussi. De longs cils qui battaient innocemment. Des prunelles brunes soulignées d'un rouge peiné. C'était mieux quand il n'y avait pas le rouge. C'était mieux quand Minhwan souriait. Il était beau. Le bonheur lui seyait bien.

« C'est normal d'avoir peur, dit Jungsu. On a tous déjà éprouvé ça.

— Toi aussi ?

— Tout le temps, ouais. Mais les angoisses, ça se traduit jamais de la même manière selon les gens.

— De quoi tu peux bien avoir peur, toi ?

— De beaucoup de choses.

— Y a encore des choses qui te touchent ?

— Ouais. Toi. Et dans les deux sens du terme. »

Minhwan gloussa à ces mots. Il le repoussa d'un geste qui se voulait doux. Jungsu fut heureux de le voir amusé. Il souriait.

« Sois sérieux, hyung, dit Minhwan.

— Je suis sérieux, tu sais. T'es quelqu'un de touchant.

— Et qu'est-ce qui te fait peur ?

— J'ai envie d'en finir, mais parfois, j'ai peur de passer à côté de quelque chose d'important.

— Genre ta vie, peut-être ? dit Minhwan avec ironie.

— Non. »

Minhwan le regardait. Il attendait une réponse. Petit curieux.

« Si tu flippes pas de passer à côté de ta vie, quoi d'autre ?

— Dernièrement, la tienne.

— La mienne ? dit Minhwan sans comprendre.

— Si j'avais décidé de partir plus tôt, je t'aurais pas rencontré. On serait tous les deux en train de pendre au bout d'un arbre.

— Ouais, c'était notre but premier. Et alors ?

— J'aurais pas voulu que tu finisses comme ça.

— Qu'est-ce que tu racontes, encore ?

— Je suis juste content de t'avoir rencontré. C'est tout. »

Minhwan n'avait pas l'air d'avoir tout saisi. Jungsu non plus. Il n'avait pas tout saisi à ce qu'il avait lui-même dit. C'était confus dans son esprit. C'était aussi confus dans ses mots. Alors ils n'avaient pas compris. Tous les deux. Paumés. Pas grave. L'idée était là. Parfois, Jungsu avait peur.

« Alors... t'as peur... de me perdre ? » demanda Minhwan d'une voix mal assurée.

Oh, pas bête. Ouais, c'était peut-être ça. Il tenait à lui, après tout, non ? Juste un peu, mais quand même. Alors il avait peur de le perdre ? Bonne question. Jungsu s'imagina sans Minhwan dans ses bras. Il n'étreignait plus que l'ennui et des idées noires. Froid. Sombre. Un monde inintéressant. Un monde qu'il voulait quitter. Minhwan était un monde infiniment plus agréable. Enfin, pour l'instant. Parce qu'ils se connaissaient à peine. Mais il aimait bien Minhwan quand même. Que répondre, alors ? Ça le frustrerait beaucoup de le perdre, oui. Mais est-ce que pour autant ça l'effrayait ? Est-ce que retrouver l'ennui l'effraierait ? L'ennui était-il effrayant ? Un peu. C'était une machine infernale qui écartelait le temps pour le rendre plus long. L'ennui torturait le temps. L'ennui suppliciait la montre. C'était un peu effrayant, effectivement.

Peut-être qu'il avait toujours éprouvé ça. En tout cas, il ne s'en rendait compte que maintenant. Vingt-quatre heures, ce n'était pas beaucoup, dans une journée. Mais vingt-quatre heures d'ennui, c'était vraiment beaucoup, dans une journée.

« Hyung ? »

Minhwan le tira de ses réflexions. Jungsu faisait la moue. Il avait le regard perdu sur le mur derrière Minhwan. Il reporta ses yeux sur lui. Minhwan attendait. Est-ce qu'il avait connu l'ennui, le vrai ? Pas sûr. Peut-être. Peut-être pas. Chacun avait sa propre expérience de l'ennui. Chacun le percevait différemment. Drôle de chose que l'ennui.

« Je crois, dit Jungsu.

— Tu crois ?

— Ouais.

— Alors… je compte pour toi ?

— Je crois que je me suis attaché à toi, Minhwan. »

Chapitre 10

Minhwan ouvrit des yeux ronds. Jungsu, ce garçon qui l'avait profondément vexé en critiquant le motif de ses envies les plus sombres, admettait qu'il tenait à lui ?

À cet aveu, Minhwan se blottit contre son aîné dans un « merci » ému. Il avait trouvé quelqu'un pour le serrer dans ses bras, quelqu'un aux yeux de qui il n'était pas rien. Il avait trouvé quelqu'un pour qui il comptait.

La raison de sa mort… la solitude… elle n'existait plus, elle avait disparu. Jungsu l'avait remplacée. De cette manière, Jungsu l'avait délivré. Il se sentait si bien auprès de lui, dans un monde qui n'appartenait qu'à eux. Ceux qui l'avaient brisé avaient été effacés de sa vie, sa raison de mourir avait été effacée. Quand il serrait ainsi Jungsu dans ses bras, comment songer à autre chose ? C'était pourtant stupide d'offrir une telle importance à un garçon rencontré si peu de temps auparavant, mais… il avait tant cherché un sauveur : l'arrivée de son aîné avait pris les airs d'un nouvel espoir, cet espoir auquel il avait aspiré et qu'il avait pensé ne jamais trouver.

Il voulait voir en Jungsu ce bienfaiteur susceptible de le tirer du malheur. Il y croyait comme une fillette croyait au prince charmant : aveuglément. Il souhaitait de toute son âme pouvoir se fier à lui, son cœur naïf et anéanti désirait plus que tout s'abandonner complètement à l'inconnu, à Jungsu.

« Hyung…

— Tout va bien, Minhwan. Repose-toi. »

Bouleversé, Minhwan ferma ses yeux humides lorsque l'étreinte de son ami se referma tendrement autour de lui.

« S'il te plaît, hyung… sauve-moi.

— Je suis désolé… je sais pas si j'en serais capable.

— J'ai confiance en toi.

— T'as tort. Je suis pas celui qui peut régler tes problèmes. Rester avec moi te permet juste de les oublier.

— Tu disais que ma raison de mourir était stupide.

— Je pense toujours qu'elle l'est, affirma Jungsu.

— Je commence à me dire qu'elle l'est, moi aussi.

— Mais pas pour la bonne raison.

— Je comprends pas… »

Sa voix s'était révélée si fragile qu'elle brisa le cœur de Jungsu, mais il se montra honnête.

« Ta raison de mourir est stupide parce qu'elle dépend des autres, expliqua-t-il, et de nouveau avec moi tu fais dépendre ta vie de quelqu'un. Vis pour toi, Minhwan, laisse pas ton bonheur dépendre de quiconque. Ta vie est précieuse pour ce qu'elle est, pas pour ce qu'elle représente aux yeux des autres.

T'es précieux parce que t'es unique pour ce que t'es, pas parce que t'es unique aux yeux de quelqu'un. »

Jusqu'à présent humides, les prunelles de Minhwan débordaient désormais de larmes. Sa mâchoire crispée n'empêchait pas sa lèvre inférieure de trembler, et finalement ses sanglots devinrent bruyants. Son corps tressaillit et il s'accrocha au t-shirt de Jungsu tandis qu'il laissait ses émotions le submerger complètement sans en éprouver de honte.

Jamais avant Jungsu quiconque n'avait affirmé à Minhwan qu'il avait la moindre valeur. Jamais on ne lui avait dit de vivre pour lui. Il lui avait toujours fallu exister pour les autres, subir sans se plaindre, se conformer aux attentes vis-à-vis de son futur. Il n'avait jamais eu le droit d'être le Minhwan qu'il voulait, on l'avait obligé à être le Minhwan qu'on modelait jour après jour, quitte à le forcer à entrer dans un moule qui ne lui convenait pas.

Il n'en pouvait plus ! Il souhaitait vivre ! Vivre pour la première fois depuis sa naissance ! Vivre sans contraintes ! Sans pressions ! Sans honte d'éprouver ce qu'il éprouvait ! Vivre, tout simplement vivre ! S'il pouvait ne serait-ce que toucher du bout de l'index une vie paisible, il l'embrasserait sans hésiter, il s'y abandonnerait pleinement pour s'y oublier enfin !

Jadis, le seul moyen de vivre, à ses yeux, ça avait été de se donner la mort : se délivrer de l'emprise exercée par ses parents pour finalement se libérer de ce joug insidieux. Mais Jungsu… Jungsu ne le jugeait pas. Jungsu ne le contraignait pas. Jungsu se contentait de le regarder, de lui sourire et de l'étreindre. Jungsu... il lui permettait d'exister.

« M-Merci... merci, merci, merci, merci...

— T'as pas à me remercier, Minhwan. Repose-toi. T'as pas eu l'occasion de dormir ces dernières semaines, ça te rend plus émotif, plus fragile. Chut, ferme les yeux... »

Jungsu lui caressait les cheveux de façon si douce... Minhwan demeura muet, incapable de prononcer le moindre mot. Il ignorait, en vérité, quoi répondre. Il lui semblait que la détresse lui avait volé ses forces, si bien qu'il décida d'obéir : il ferma les paupières, prisonnier de la délicate étreinte de son aîné. Il avait sommeil et, pour la première fois, dormir n'apparaissait plus pour lui comme un moyen de fuir la réalité. Il s'agissait d'une façon de profiter de la présence si rassurante de Jungsu.

Une présence qui lui permit, pour la première fois depuis des lustres, de s'assoupir en un rien de temps.

~~~

Jungsu eut un faible sourire. Minhwan le faisait sourire. Minhwan était mignon. Dans ses bras, il avait l'air petit. Plus petit que quand ils se faisaient face. Quand ils se faisaient face, Minhwan était plus grand que lui. Là, il était recroquevillé. Alors Jungsu le trouvait mignon. Ses longs cils semblaient lui caresser les pommettes.

Le voir dormir si profondément toucha Jungsu. Est-ce que Minhwan se sentait bien en sa présence ? Est-ce que ses mots l'avaient consolé ? Pourtant, Jungsu n'avait pas cherché à lui mentir. Il s'était montré sincère. Il espérait simplement que Minhwan entende raison. Enfin… du moins qu'il écoute son point de vue. À lui de choisir s'il souhaitait ou non y adhérer. Jungsu avait beaucoup réfléchi. Il avait développé ces idées au fil du temps. Ses réflexions sur la vie l'aidaient à combattre l'ennui.

Il s'était aussi fait beaucoup de réflexions sur l'ennui. De manière générale, il réfléchissait beaucoup. Pas seulement pour combattre l'ennui. Il se posait beaucoup de questions. Beaucoup demeuraient sans réponse. Certaines en trouvaient une. D'autres en trouvaient plusieurs. La mort était un bon sujet de réflexion. Il y avait beaucoup de choses qui y étaient liées. Le temps. L'existence. Le début et la fin. Le bonheur. Beaucoup de choses.

Étrangement, il réfléchissait mieux quand il était dans son lit. Pas allongé, mais dans son lit. Il s'y asseyait en tailleur. Et il réfléchissait. À tout. À rien. Il réfléchissait. Dernièrement, il réfléchissait à la situation de Minhwan. Il essayait de le comprendre. Difficile. Peut-être faisait-il fausse route. Les larmes de Minhwan lui avaient prouvé que non. Il disait juste. C'était difficile à entendre. Mais il disait juste.

Jungsu lui caressait les cheveux. Il ignorait pourquoi. Il aimait bien. Il y avait beaucoup de choses qu'il aimait bien, ces derniers temps. De plus en plus. Tout ce qui touchait à Minhwan, il aimait bien. Ses cheveux étaient doux. Il aimait bien. Ils sentaient le shampooing.

Jungsu garda longuement son cadet entre ses bras. Une heure. Peut-être deux. C'était long. Ça avait été agréable. Minhwan marmonnait parfois pendant son sommeil. C'était incompréhensible. C'était mignon. Incompréhensible mais mignon. Comme Minhwan, d'une certaine manière. Il avait l'air de bien dormir. Il affichait une petite moue à croquer. Son sommeil ne parut pas troublé par un quelconque cauchemar. Jungsu lui sourit en le voyant battre des cils. Il ouvrit lentement les paupières. Il plongea son regard dans le sien. Un regard que Jungsu trouvait intense. Minhwan avait quelque chose d'envoûtant.

« Bien dormi ? demanda Jungsu.

— Oui. Désolé de… enfin, de ça, quoi.

— Désolé de quoi ?

— D'avoir craqué…

— C'est pas un souci. Si t'as besoin de pleurer, tu pleures. Ça peut que faire du bien.

— Merci, dans ce cas-là. Merci d'être aussi compréhensif. J'avais jamais rencontré quelqu'un comme ça. »

Jungsu haussa les épaules. Il étreignait toujours Minhwan. Il ne comprenait pas vraiment ni ses remerciements ni ses excuses. Mais il le trouvait mignon. Avec son minois fatigué, il était attendrissant. Décidément, il aimait vraiment bien Minhwan.

« Tu veux aller manger ?

— Je veux bien, merci.

— Allez, viens. Par contre, j'ai du boulot, on pourra pas passer la journée ensemble.

— Pas de soucis. C'est déjà très gentil de ta part de m'héberger.

— C'est rien, voyons. Allez, viens. »

Chapitre 11

Désormais debout, Jungsu tendit la main à Minhwan qui la regarda durant un court instant. Il paraissait l'admirer, sa main, et à vrai dire elle l'envoûtait. Le jeune compositeur, en effet, possédait de longs doigts fins dignes de ceux d'un pianiste.

Le cadet, finalement, la saisit et se redressa à son tour, quittant à regret la chaleur des draps, mais heureux de découvrir celle de sa poigne amicale. Son corps lui semblait encore engourdi par la fatigue, mais il suivit son aîné à la cuisine sans protester. Il savait ne pas se trouver ici à sa place : il s'était intégré pour une semaine uniquement, il n'était pas chez lui. De fait, il préférait ne pas déranger Jungsu dans son quotidien, raison pour laquelle il comptait bien passer sa journée seul.

Morose à l'idée de n'avoir pas droit à un moment avec lui en ce deuxième jour qu'ils vivaient ensemble, Minhwan laissait son visage exprimer sans qu'il s'en aperçoive la déception qu'il éprouvait et croyait parvenir à dissimuler. Jungsu, perspicace, remarqua rapidement son désarroi. Parce qu'il comprenait de mieux en mieux le jeune garçon – du moins, il lui semblait le comprendre mieux –, il devinait qu'il aurait souhaité profiter d'un instant auprès de lui.

Et visiblement, Jungsu aussi espérait se rapprocher de son nouvel ami.

« Après, songea-t-il tandis qu'il lui apportait un bol de céréales, tu peux toujours rester avec moi quand même : je pense composer, ça pourrait être cool d'avoir un avis extérieur sur ma musique, surtout que t'as l'air franc et que, comme t'aimes bien ce que je fais… voilà, quoi.

— C'est vrai ? T'as pas peur que je dérange ?

— Pas vraiment. »

Sans doute le savait-il tranquille, et probablement avait-il aussi remarqué qu'il s'avérait peu remuant. Minhwan s'était montré calme, et l'écroulement de sa confiance en lui l'avait également rendu particulièrement renfermé.

Un sourire aux lèvres, le garçon acquiesça, ravi que son ami lui propose ça. Une fois le petit déjeuner terminé, il se produisit ce que Minhwan avait espéré : Jungsu et lui allèrent dans la chambre, l'aîné à son ordinateur, l'autre sur le lit. Il s'y installa en tailleur, le regard rivé sur le jeune compositeur de qui il pouvait aisément percevoir la nervosité.

Jungsu était nerveux… ? Pour quelle raison ? Ça ne lui ressemblait pourtant pas. Au contraire, il se montrait habituellement si peu concerné par ce qui l'entourait que Minhwan était surpris à la simple idée qu'il puisse exprimer, même involontairement, la moindre émotion. Comme si le fait que Jungsu se révélait finalement bel et bien humain lui causait un choc indescriptible.

Durant toute la journée, Minhwan l'écouta travailler. Ses oreilles en furent ravies, chaque fois que Jungsu lui demandait s'il appréciait ce qu'il entendait, le jeune homme opinait aussitôt avec enthousiasme. Le musicien, alors, acquiesçait d'un air concentré et poursuivait son ouvrage avec ardeur, même si son cadet se doutait désormais qu'au fond de lui devait probablement avoir germé un large sourire que son visage stoïque ne lui permettait pas de dévoiler.

Comme leur première journée ensemble, les deux garçons passèrent leur soirée autour d'un dîner frugal mais duquel ils se régalèrent. Ils se glissèrent ensuite sous les draps, loin l'un de l'autre, pour regarder un drama devant lequel ils s'endormirent.

Minhwan fut tiré de son sommeil aux alentours d'une heure du matin par le bruit de combats : après l'épisode qu'ils avaient mis, un second s'était lancé automatiquement, plus violent. Il éteignit la télévision d'un geste fatigué avant de se figer : ce qu'il craignait le plus était arrivé, la lampe du bureau avait rendu l'âme. Désormais, la pièce était plongée dans le noir. Or, le noir s'apparentait pour lui à un néant, il était effrayé et se noyait dedans. Les yeux terrorisés, il se pinça les lèvres. Il posa un regard sur le corps de Jungsu dont il ne percevait que le vague profil voilé par les ténèbres.

Pouvait-il se permettre de le réveiller ? Sa peur, après tout, demeurait irrationnelle. Rien ne justifiait de craindre le noir comme il le craignait. Il ne s'agissait que d'une vulgaire pénombre, aucune inquiétude à avoir vis-à-vis de ça. En vérité, Minhwan se trouvait plus angoissé par ce que l'obscurité représentait que par ce qu'elle était réellement. Elle lui évoquait le mal, mais pas le mal au sens manichéen du terme – autrement dit, pas le mal en tant qu'entité opposée au bien. Il y percevait mal qui avait grandi en lui jour après jour, ce mal qui l'avait dévoré pour le réduire à ce qu'il était devenu : un corps qui se sentait dénué d'âme, un corps habité uniquement par les seules émotions négatives. L'obscurité, c'était cette noirceur qui s'était sournoisement emparée de son être et lui avait murmuré les pires idées. L'obscurité, c'était cet ami malveillant qui l'avait encouragé à l'ultime sacrifice plutôt qu'à chercher d'autres solutions. L'obscurité, c'était ce puissant ennemi duquel il n'arrivait toujours pas à se défaire malgré la présence de Jungsu auprès de lui.

Finalement, l'obscurité n'était pas quelque chose : c'était Minhwan qui s'était fondu en elle. Minhwan était l'obscurité. Et c'était ça qui l'effrayait le plus. Il s'était laissé consumer par la douleur, la peine, les remords, la colère, et il avait fini par basculer dans ce qu'il se représentait comme un monde nuancé de noir. Il n'y percevait plus la moindre trace de lumière, plus la moindre trace de couleur. C'était épouvantable, il se sentait terrorisé par lui-même, par la façon dont les autres l'avaient métamorphosé. Ainsi, se trouver seul au milieu de cette horrifiante pénombre constituait sans doute sa pire phobie, car il éprouvait la sensation qu'elle cherchait de nouveau à lui murmurer de tendres mais atroces paroles à l'oreille.

Pourtant, quand les ténèbres parlaient, c'était sa propre voix que Minhwan entendait. Sa propre voix qui lui répétait qu'il n'avait rien à faire ici, qu'il valait mieux qu'il abrège ses chagrins plutôt que de vivre quatre jours de plus dans ce monde sali par la haine. Lui dont le cœur ne désirait que l'amour, il n'appartenait pas à cette réalité. Autant partir avant que tout ça ne le blesse de manière plus violente encore.

Partir, ce serait doux. Il existait plein de moyens pour fermer les yeux sans souffrir, il suffisait de gestes sûrs. Cette fois-ci, il ne devait pas appeler à l'aide, il devait vouloir s'en aller. Au plus profond de lui, il fallait qu'il le veuille, car ainsi il agirait de façon assurée et il pourrait clore enfin ses paupières alourdies par le mépris que le monde lui avait exprimé si longtemps.

Non !

Minhwan se ressaisit en entendant Jungsu soupirer de bien-être auprès de lui, dans son sommeil.

Il habitait chez lui, chez Jungsu, chez son sauveur ! Le monde ne l'avait jamais méprisé, c'était seulement ses proches ! Jungsu, lui, il lui accordait de l'importance, il le consolait, il mettait tout en œuvre pour qu'il se sente bien auprès de lui ! Jungsu était sa lumière, cette flamme qui embrasait l'obscurité, qui la détruisait tout en la remplaçant par une lueur rassurante.

Cette clarté, il s'agissait simplement de l'amour que Minhwan avait cherché. Pas l'amour avec un grand a, celui de deux cœurs qui se trouvaient et se liaient, non. Minhwan, lui, tout ce qu'il désirait, c'était l'affection d'un proche, le soutien d'un ami, le sourire de n'importe qui. Ce qu'il convoitait, ce n'était rien de plus qu'une personne capable de l'écouter, de le comprendre, et de lui dire : « je ne sais peut-être pas ce que tu ressens, mais je t'apprécie et je te souhaite le meilleur ». Rien de plus, il n'espérait rien d'autre qu'une épaule sur laquelle s'appuyer pour remonter la pente, pour sortir la tête des ténèbres et enfin découvrir à quoi le jour ressemblait.

En dépit de la peur qui lui nouait l'estomac, Minhwan s'étendit de nouveau sous le drap qu'il releva jusqu'à ses oreilles, effrayé de se voir plongé dans la pénombre. Heureusement, un seul regard auprès de lui suffisait à apaiser ses angoisses : la silhouette tranquille de Jungsu se trouvait juste là, à ses côtés, et il respirait paisiblement.

Il vivait. Et grâce à lui, Minhwan aussi, il vivait.

C'était tout ce dont il avait besoin pour se sentir rassuré, pour vaincre les ténèbres. Il aurait voulu se blottir contre son aîné – contre sa lumière –, mais il n'en avait pas le courage, il craignait sa réaction. Jungsu considérerait sans doute d'un mauvais œil qu'il se love contre lui de cette manière, en pleine nuit. Il garda donc ses distances malgré son désir brûlant, et malgré la peur qu'il éprouvait toujours, il ferma les paupières.

Le noir continuait de l'effrayer.

Chapitre 12

Jungsu ouvrit les yeux. Le soleil était levé. Ses rayons encore faibles illuminaient un peu la chambre. Juste assez pour qu'il puisse distinguer Minhwan. Il dormait encore. Mais c'était bizarre. Il avait le contour des yeux rougi. Ça lui arrivait parfois, à Jungsu. Seulement quand il avait pleuré. Là, oui, il avait les yeux rouges. Il ne pleurait pas beaucoup. Quand est-ce qu'il avait pleuré pour la dernière fois ? Il n'était plus très sûr. Il était déjà au Japon, à l'époque. Ça, il en était sûr. Mais pourquoi avait-il pleuré ? Il ne savait plus très bien. Jadis, la musique aussi, ça lui tirait parfois une larme. Il était émotif. Il l'avait été. Il ne l'était plus. Désormais, il s'ennuyait. Il n'était plus émotif. Du moins si, il ressentait bien l'ennui. Et ça l'ennuyait.

Minhwan poussa un soupir. Il serrait un oreiller contre lui. Jungsu l'avait presque oublié. Il se perdait souvent dans le torrent de pensées qui grondait dans son esprit. C'était bizarre, ça aussi. Il pensait beaucoup. Pourtant, il s'ennuyait. Est-ce qu'il devrait penser moins ? Penser moins, ça lui permettrait peut-être de se sentir heureux. Il se contenterait d'agir. Il ne penserait plus. Il ne s'ennuierait plus. Il pensait à trop de choses.

Mais seulement quand Minhwan n'était pas là pour le divertir. Oui, Minhwan le divertissait. C'était sympa. Il avait ce quelque chose d'attachant qui plaisait à Jungsu. Il était tout son contraire, en fait. Émotif. Sensible. Vulnérable. Soucieux du regard des autres. C'était bien la preuve qu'il n'y avait pas un profil type pour être dépressif. Ça pouvait tomber sur n'importe qui. Enfin, Jungsu ne savait pas vraiment s'il était dépressif. Il continuait de se poser la question. Et quelle question. Ça ne devrait pourtant pas être difficile d'y répondre. Mais il ne pouvait pas répondre.

Lui, il ne se sentait pas dépressif. En vérité, il ne se sentait pas grand-chose. Le vide total. La plus parfaite vacuité. C'était ça, qu'il ressentait. Pas de tristesse, mais pas de bonheur. Pas de douleur, mais pas de plaisir. La vie était dépossédée de tout ce qui la rendait belle. Pour autant, elle n'était pas laide. Elle n'était rien. Alors Jungsu avait voulu s'en aller. Ce n'était pas intéressant, le vide. Ça l'ennuyait.

Or, il y avait eu Minhwan. À un monde terne il avait apporté de la couleur. À un monde nuageux il avait apporté de la chaleur. Il avait agi comme un soleil. Jungsu n'avait toujours pas l'impression de ressentir quoi que ce soit. Mais parfois… si, il y avait par moments ce bref éclair de bonheur qui le traversait. Quand Minhwan souriait. Quand Minhwan le complimentait. Quand Minhwan s'intéressait à lui. Quand Minhwan mangeait en face de lui. Quand Minhwan dormait auprès de lui.

Quand Minhwan demeurait auprès de lui.

C'était fugace, mais Jungsu en était convaincu. Ces derniers jours, il avait trouvé une source de joie. C'était une source fragile. Peu importait. Au moins, il en ressentait parfois. C'était tout ce qui comptait. Il aimait vraiment bien Minhwan. Il aimait vraiment bien avoir quelqu'un à ses côtés. Quelqu'un de si opposé à lui qu'il parvenait à apporter un petit je ne sais quoi à la morosité de son existence. C'était Minhwan. Il trouvait tout le monde ennuyeux. Mais pas Minhwan. Minhwan était différent. Pas parce qu'il avait souhaité en finir, non. Il était différent autrement.

Il était différent parce que malgré les souffrances, il continuait de ressentir. Il était différent parce que malgré la douleur, il ne voulait pas s'en aller. Il était différent parce que malgré tout ce qu'il avait enduré, lui, il avait la force de sourire. Une force que Jungsu n'avait plus. La fatigue l'avait dominé. Il s'était laissé emporter par le courant. Minhwan, lui, il luttait. Il ne se laissait pas faire. Il était vraiment courageux…

« Hyung ? »

L'appelé rouvrit les paupières. Il les avait fermées quand il avait commencé à se laisser embarquer dans ses songes. Minhwan le regardait. Ses yeux fatigués semblaient l'interroger. Jungsu lui posa la question qui lui brûlait les lèvres.

« T'as pleuré ? »

Même pas un bonjour. Il avait oublié. Pas grave. Il y avait plus important que la politesse. Il y avait les larmes de Minhwan.

« Oui. »

Il le savait.

« Pourquoi ? »

Minhwan afficha une moue hésitante. Il répondit pourtant.

« En fait… non, laisse. C'est con. On peut aller manger ?

— Minhwan, parle. »

Il n'avait pas parlé de manière autoritaire. Il avait simplement semblé las. Il se doutait que Minhwan ne voudrait pas parler. Et il savait que malgré tout il en avait envie. Il avait envie de parler. Alors il le faisait parler, tout simplement. Ça ferait du bien à Minhwan.

« Hyung…

— Aie pas peur.

— C-C'est… ta lampe… elle s'est éteinte, cette nuit. »

Jungsu parut surpris. Il se tourna. Minhwan baissa les yeux.

Ah oui, c'était juste. Sa lampe était éteinte.

~~~

Minhwan se sentait minable : un garçon de son âge, effrayé par l'obscurité. Or les ténèbres, si elles le terrifiaient, il ne pouvait pas s'empêcher d'y succomber. Ainsi, toute la nuit, il avait tremblé, parfois pleuré, et il n'avait pas réussi à fermer l'œil avant le lever du soleil, une heure plus tôt environ.

Lorsqu'il admit cela devant Jungsu, ce dernier opina doucement et, assis en tailleur sur le lit, il lui adressa un maigre sourire qui se voulait rassurant.

« Alors rendors-toi, lui conseilla-t-il. Tu dois être crevé, te lève pas maintenant. Je vais bosser sur mes compos ce matin, comme ça on passera l'après-midi ensemble quand tu seras levé. Ça t'irait ?

— C'est vrai ? T'accepterais ?

— Ouais, ça me pose aucun souci.

— C'est vraiment gentil, merci beaucoup. »

Ce lever de soleil signait le début de leur troisième journée tous les deux. Ce n'était rien, trois jours, alors que Minhwan éprouvait d'ores et déjà l'impression que ces quelques heures avaient changé sa vie. En quoi ? Il n'en était pas certain. C'était si profond, si sombre, si inexplicable, pourtant si tangible, si clair, si évident. Jungsu, tout simplement. Minhwan l'admirait, il posait sur lui des yeux... amoureux ? Incapable de l'affirmer malgré ce que son cœur lui murmurait avec tendresse, le jeune garçon ferma les paupières après s'être de nouveau étendu sur le lit.

Il se sentait si serein quand Jungsu demeurait auprès de lui pour le rassurer et lui répéter qu'il ne méritait pas ce qui lui était arrivé. Il se sentait si serein quand enfin quelqu'un lui témoignait un peu d'affection. Oui, il se sentait si serein pour la première fois depuis si longtemps...

Une musique s'éleva, douce : Jungsu n'avait pas branché son casque, si bien que Minhwan pouvait profiter de cette mélodie qu'il s'amusait à modifier à son gré dans l'espoir de la rendre parfaite. Peu importait le changement qu'il y apportait, pourtant, son cadet la trouvait déjà parfaite. Elle sonnait d'une manière sublime, et il avait hâte d'entendre la voix de son ami par-dessus cet instrumental délicat qui reflétait si justement sa personnalité.

Derrière son masque, en effet, Jungsu était quelqu'un d'extrêmement attachant, protecteur, et travailleur. Une fois qu'il était concentré sur sa composition, rien ne pouvait l'en extirper avant des heures. Il se donnait corps et âme pour sa passion... mais en était-ce une ? Le musicien avait expliqué s'ennuyer alors même qu'il vivait de ses morceaux. Y avait-il quelque chose qui l'empêchait de s'épanouir complètement dans son art ?

La perte de cette si puissante passion était-elle la raison de sa lassitude destructrice ?

Cette interrogation tourna un court moment dans la tête du jeune garçon : jusqu'à ce qu'il s'endorme.

Les yeux clos, il était sur le point de s'abandonner au monde des rêves quand il lui sembla sentir un regard se fixer sur lui. Un regard bienveillant. Il voulait croire que son instinct ne le dupait pas et que Jungsu était bel et bien en train de le couver du regard.

Il ne trouva que quelques instants pour se poser la question, car très rapidement le sommeil prit le dessus et il s'assoupit.

Comme c'était agréable...

Chapitre 13

Jungsu travailla. Toute la matinée. C'était fatigant. Heureusement qu'il y avait Minhwan. Minhwan dormait. Il dormait bien, visiblement. Il était toujours aussi mignon. Jungsu le regardait, parfois. Minhwan paraissait serein. C'était toujours le cas quand il dormait. Il était serein. Jungsu aimait le savoir paisible.

Minhwan avait sûrement mal dormi. Il ne rouvrit les yeux qu'en fin de matinée. Il avait pratiquement fait une seconde nuit. Ça avait l'air agréable. Quand il ouvrit les yeux, il souriait. Ses yeux s'étaient affinés sous l'effet de ce sourire.

« Bien dormi ? demanda Jungsu.

— Oui, merci beaucoup. Ça fait du bien. T'as fini ton boulot ?

— Ouais, je m'apprêtais à aller préparer le déjeuner.

— Oh, on mange quoi ?

— J'ai trouvé des pizzas au congélateur, ça te va ?

— Parfait. »

Jungsu sauvegarda ses fichiers. Il alla d'un pas traînant à la cuisine. Minhwan le suivit. Jungsu sentit son regard sur son dos. Il sentit aussi son sourire. Pas un sourire étincelant de bonheur, juste un sourire serein. C'était sans doute le plus beau sourire qui existe. Le sourire qui prouvait qu'il se sentait bien.

Il sortit les pizzas du congélateur. Minhwan s'assit sur le canapé. Il mit la télévision. Il se blottit contre un oreiller. Il souriait toujours. Jungsu sourit aussi. C'était drôle de voir Minhwan sourire, car Minhwan souriait peu à son arrivée ici. Être isolé loin de ceux qui l'avaient blessé lui faisait du bien. Jungsu n'était pas surpris. Supprimer la source de son stress lui permettait simplement de redécouvrir le bonheur. Est-ce que Minhwan était heureux ? Et puis, qu'était-ce, le bonheur, finalement ? Il avait beaucoup lu à ce sujet. Il s'intéressait beaucoup à la philosophie.

Le bonheur se trouvait tantôt dans l'absence de désirs, tantôt dans l'acceptation d'évènements pourtant difficiles. Et puis il y avait la religion. Il y avait tellement de conceptions du bonheur. Quelle pouvait être celle de Minhwan ? D'ailleurs, quelle était la sienne ? Jungsu ne saurait pas définir le bonheur. C'était pourtant ce que l'être humain cherchait avant tout. Le bonheur. Alors que cherchait-il, lui ? Son bonheur ne résidait ni dans la gloire ni dans la richesse. Ça, il le savait. Mais dans quoi, alors ?

En vérité, Jungsu aimait les choses simples. Il aimait écrire, composer, arranger, produire. Il aimait sa musique. Il aimait un bon petit dîner devant la télévision, au chaud sur son canapé l'hiver. Il aimait le moment qui précédait son sommeil. Quand une sensation de bien-être absolu l'envahissait. C'était une sensation fugace. Mais il l'aimait vraiment. Dans ce cas, s'il aimait tout ça, pourquoi avait-il songé à en finir ? Pourquoi s'ennuyait-il ? La routine ? Pouvait-elle réellement tuer ?

Non, il y avait nécessairement autre chose.

Il devait tenter de comprendre pourquoi la musique ne le maintenait plus en vie. Il devait comprendre pour quelle raison ce quotidien qu'il aimait tant l'avait lassé à ce point. Il lui fallait trouver comment être heureux. Ainsi, il saurait quoi faire pour être de nouveau heureux.

Parce que malgré tout, au fond de lui, Jungsu voulait être de nouveau heureux. Minhwan aussi. C'était pour ça qu'ils avaient conclu cet étrange arrangement. Parce qu'ils voulaient se donner une nouvelle chance. Une nouvelle chance d'être heureux. Heureux ensemble, pourquoi pas.

Parce qu'avec Minhwan, le quotidien de Jungsu ne l'ennuyait plus.

Parce qu'avec Jungsu, Minhwan se sentait enfin rassuré.

L'un ne constituait pas le bonheur de l'autre. C'était beaucoup plus complexe. Pour Jungsu, cependant, c'était évident. L'un pour l'autre, ils étaient ce qui leur permettrait de comprendre comment être enfin heureux. Ils créaient un bouleversement dans la vie de l'autre. Un bouleversement tel qu'il pouvait les inciter à ouvrir les yeux.

Étrangement, Jungsu l'espérait. Oui, Jungsu espérait. Il ressentait de l'espoir. Un petit espoir. Un espoir agréable. Un espoir qui le réchauffait. Ça faisait longtemps qu'il n'avait pas espéré. C'était grâce à Minhwan.

Il commençait à croire que cette semaine pourrait réellement changer les choses.

~~~

Minhwan se sentait calme, tranquille. Assis sur le canapé, il profitait aussi bien de l'émission qu'il regardait que de l'odeur qui s'élevait lentement dans la pièce. Un coup d'œil à Jungsu fit battre son cœur un peu plus fort et le poussa à s'interroger quant à sa présence ici et ses sentiments. Il n'imaginait pas un instant un quelconque sentiment amoureux, mais il se posait des questions à propos de cet étrange soulagement qui l'envahissait depuis peu.

Pourquoi était-il à ce point soulagé ? Depuis son réveil, un poids lui semblait avoir quitté son âme pourtant si lourde. Il lui semblait que la cause de son mal-être s'évaporait. Il y voyait deux raisons : l'influence rassurante de Jungsu, et le fait qu'il se détachait peu à peu de son passé douloureux. Minhwan, en effet, avait beau avoir apporté son portable, il ne l'avait presque pas allumé depuis son arrivée chez Jungsu. Il avait complètement coupé les ponts avec ceux qui l'avaient fait souffrir. Ses angoisses, il les oubliait progressivement.

Les rares fois où il avait utilisé son smartphone, ça avait été pour regarder des vidéos. De toute façon, personne ne lui avait envoyé de message.

Malgré ce qu'il avait cru, le cœur de Minhwan se serra quand le jeune homme comprit que sa famille avait probablement deviné qu'il ne comptait pas survivre à son voyage au Japon... et qu'elle l'avait laissé partir quand même. Savaient-ils ? Avaient-ils conscience qu'il avait fugué avec ce but ? Il espérait que non... mais il nourrissait peu de doutes.

Ses proches savaient, et ils n'avaient pas tenté de changer les choses. Rien pour le dissuader, rien pour le garder auprès d'eux. Ils lui avaient permis de s'en aller. Est-ce qu'ils avaient au moins une idée de ce qu'ils avaient cherché à provoquer ?

Pathétique, mais pas surprenant – pas après tout ce qu'ils lui avaient fait subir.

Jungsu l'appela une fois le déjeuner prêt. Minhwan se redressa aussitôt et lui offrit un large sourire avant de le rejoindre à la table où il s'était déjà installé. Le repas exhalait un parfum divin qui donna au cadet l'impression de revivre. Il se régalait de cette odeur aussi appétissante que le plat pourtant simple devant lui.

Trois parts de pizza avaient été disposées dans son assiette, les trois autres dans celle de Jungsu. Chacun savait qu'il ne finirait pas, mais tant pis, ils n'auraient pas à préparer de dîner. Ainsi, ils passeraient un peu plus de temps ensemble à se reposer et profiter de la tranquillité à laquelle ils avaient la chance de goûter. Ils pourraient apprendre à se connaître, et pourquoi pas à sourire de manière sincère.

Auprès des siens, Minhwan possédait une plus grande chambre que celle de Jungsu. Il savourait de meilleurs plats, cuisinés par sa mère ; il jouissait d'un large jardin joliment fleuri, etc. Or, jamais il ne s'était senti aussi détendu, ces dernières années, que depuis qu'il était venu habiter ici, dans ce petit studio qui, loin de lui apparaître comme une cage, ressemblait en vérité à ses yeux à un cocon protecteur où il avait le droit de se respirer. Ainsi, il se régala de ce repas banal et remercia chaleureusement Jungsu pour son hospitalité.

« Ça me fait plaisir, » affirma-t-il.

Pourtant, il ne souriait pas. Il répondit presque en haussant les épaules, comme s'il s'agissait d'une évidence. Malgré tout, Minhwan comprenait désormais que s'il se comportait de cette manière, c'était simplement en raison de sa gêne. Jungsu était quelqu'un qui peinait à exprimer ses émotions, quelles qu'elles soient. Il parlait donc toujours de manière détachée.

Ça charmait son cadet. Il trouvait ça étrange mais fascinant.

« Tu veux faire quoi cet après-midi ? s'enquit Jungsu.

— Je sais pas trop.

— T'as envie de sortir ?

— T'en aurais envie, toi ?

— Pas vraiment.

— T'aimes pas sortir ? demanda Minhwan.

— Non.

— Pourquoi ?

— Voir des gens m'énerve.

— T'énerve ?

— M'angoisse, précisa le compositeur.

— Oh… je comprends. Ça a toujours été le cas ?

— Ouais. Je suis du genre loup solitaire.

— Ça m'étonne pas de toi.

— Ah bon ?

— Oui. Je sais pas, ça se ressent que t'es mal à l'aise en société, entouré de plein de monde. Peut-être parce que tu travailles seul chez toi, dans un petit studio.

— Ouais, peut-être.

— Tu penses pas, du coup, que ça pourrait être une bonne idée de sortir ? Ça changerait de la routine. »

Cette routine qui avait détruit Jungsu à petit feu.

« Pas con, approuva-t-il. Ouais, ça peut être sympa. Mais pour aller où ?

— Je sais pas, tu connais quoi comme endroit ici ?

— À part la gare, un centre commercial et quelques maisons de production, je connais pas grand-chose.

— Même pas un parc ?

— Euh… si, peut-être, mais faudrait que je regarde sur internet.

— On a le temps, » affirma Minhwan.

Il désirait tout simplement un après-midi à se promener tranquillement avec Jungsu, sans se soucier de quoi que ce soit d'autre que de sa présence et de celle de la nature autour d'eux. Il en rêvait déjà.

Est-ce que cela ne semblait d'ailleurs pas étrange qu'il éprouve ça ? Est-ce que… ce qu'il espérait ne ressemblait pas un peu trop à une balade romantique

? Pourquoi est-ce que tout avait tant changé en lui, ces trois derniers jours ?

Chapitre 14

Minhwan s'était habillé en vitesse avec les vêtements qu'il portait lors de sa rencontre avec Jungsu. Ce dernier avait enfilé une tenue sobre qu'il avait agrémentée de quelques bijoux argentés. Le plus jeune le trouvait élégant dans sa simplicité, c'était un style qui lui plaisait beaucoup et qui, à son sens, lui seyait parfaitement.

Son aîné était doué d'une beauté éthérée, indescriptible mais frappante. Le noir, visiblement sa couleur de prédilection, apparaissait aussi comme la teinte qui lui correspondait le mieux. Elle mettait en valeur sa jolie peau dénuée d'imperfections, ainsi que son regard et ses cheveux sombres. Ses prunelles, d'ailleurs, Minhwan pouvait s'y perdre sans mal. Elles…

Non mais qu'est-ce qu'il racontait ! Ça n'allait pas bien, ou quoi ?

Le jeune garçon secoua la tête pour en chasser ses pensées et adressa un sourire à son aîné lorsque celui-ci arriva à sa hauteur, son portable entre les mains.

« J'ai trouvé un parc sympa, pas trop loin. Y a un fleuve, une longue promenade avec des cerisiers qui doivent probablement avoir fleuri, et il paraît que c'est top pour se détendre, indiqua-t-il.

— C'est vrai ?

— Ouais, regarde les photos. »

Jungsu lui tendit son smartphone sur l'écran duquel Minhwan concentra toute son attention. Le paysage immortalisé par l'image se révélait bucolique. Il le crut même irréel : les couleurs de cette nature enchanteresse irradiaient, soulignées par un ciel complètement bleu. Sans doute le contraste et la saturation avaient-ils été augmentés, mais ça ne revêtait aucune importance aux yeux de Minhwan qui ne désirait désormais plus qu'une chose : se rendre dans ce petit coin de paradis.

« Ouah, ça a l'air vraiment beau !

— Ouais.

— Ça t'intéresse pas plus que ça ?

— Si, ça peut être cool.

— T'es juste pas du genre à mettre beaucoup d'entrain dans ce que tu fais, c'est ça ? »

Jungsu haussa les épaules. En retour, Minhwan gloussa.

« Peu importe, reprit-il amusé. On y va comment ?

— À pied, c'est à vingt minutes d'ici. Ça te dérange pas ?

— Non, au contraire. Comme ça, je découvrirai un peu la ville. »

Jungsu opina puis enfonça son smartphone dans sa poche. Minhwan s'assura d'apporter son propre téléphone sans savoir à quoi il lui servirait, puis les deux sortirent. L'étudiant frémit lorsque la brise printanière lui caressa la peau. Pourtant habillé d'un t-shirt à manches longues en ce doux après-midi, il était transi d'un froid inexplicable.

Les yeux clos, il prit une profonde inspiration tandis que Jungsu fermait la porte derrière eux. Ça sentait la ville, mais ça sentait une ville bien différente de celle qu'il avait longtemps connue, sa ville. Il trouvait presque que Tokyo dégageait un parfum de renouveau, le parfum d'une promesse que le jeune garçon ne parvenait pas encore à saisir mais qui, bientôt, s'avérerait évidente.

Tout ce qu'il pouvait pour lors affirmer, c'était que ça avait des airs d'espoir, un espoir auquel il voulait s'accrocher. Un espoir dont il avait toujours rêvé et qu'il avait cru ne jamais voir briller. Cette promesse, quoique mystérieuse, lui semblait néanmoins rassurante. Il désirait la laisser le consoler.

« Prêt ? s'enquit Jungsu en le rejoignant une fois la porte verrouillée et le courrier vérifié.

— Prêt, je te suis ! »

Minhwan ignorait comment il avait bien pu passer de la plus vive douleur à un tel enthousiasme en si peu de temps. Il continuait de s'interroger à ce sujet, même s'il en savait la réponse.

Sans doute ne se trouvait-il pas encore capable d'admettre cette réponse, si bien qu'il lui en fallait une autre.

Les deux garçons progressaient d'un pas tranquille. Plus que tranquille, même : Minhwan éprouvait la sensation d'avancer à la vitesse d'un petit en bas âge, mais il n'y pouvait rien. En effet, chaque fois son regard se portait à gauche et à droite, il s'abreuvait du paysage urbain au point qu'il s'y perdait. Un tournis agréable le prenait, il se régalait de cet endroit que dans son enfance, il avait si souvent espéré visiter. À présent, une visite ne l'intéressait pas, mais il désirait profiter de leur marche pour observer chaque rue, chaque vitrine, chaque stand.

Un vent nouveau soufflait sur son existence pour en balayer tout ce qui l'avait jusque-là assombrie.

~~~

Jungsu esquissa un nouveau sourire. Minhwan s'était arrêté une fois de plus. Il avait filé à la vitesse de l'éclair en direction d'un magasin de vêtements. Il s'extasiait devant les modèles d'exposition. Jungsu pouvait presque deviner ses yeux brillants. Brillants d'envie. Brillants d'émerveillement, surtout.

Jungsu attendit. Il était immobile. En plein milieu de la rue. Il regardait Minhwan. Minhwan regardait les vêtements. Jungsu regarda les vêtements, aussi. Il ne les trouva pas particulièrement intéressants. Mais sur Minhwan, ça irait peut-être. En fait, ça irait sans aucun doute. Minhwan était vraiment beau. Jungsu trouvait que tout allait aux gens beaux. Lui, il trouvait que pas grand-chose ne lui allait. Mais Minhwan, si. Ce n'était pas les vêtements qui le rendaient beau. C'était lui qui rendait les vêtements beaux. Sacré pouvoir.

Jungsu avait rarement rencontré des gens pareils. Ah si, une ou deux fois. De jeunes idols. Eux aussi, tout leur allait. Eux aussi, ils rendaient ce qu'ils portaient beau. Mais Minhwan n'était pas un idol. Ou peut-être en était-il un. Jungsu n'en avait pas la moindre idée. Il pensait que non. Minhwan le lui aurait dit. Mais allez savoir. Les gens cachaient parfois de grosses surprises.

Être idol c'était difficile. Jungsu n'en avait pas beaucoup côtoyé. Il avait écrit pour un groupe, une fois. Il n'avait plus recommencé. Il n'aimait pas. Il n'avait rien contre les groupes. Juste contre celui-là. Celui-là, il avait quelque chose de malsain. Les idols étaient adorables, certes. En revanche, leur manager, Jungsu avait voulu l'encastrer. Un bonhomme rude. Il avait des traits durs. Ça se lisait sur sa gueule que c'était un connard. Jungsu n'aimait pas beaucoup les connards. En fait, il ne les aimait pas du tout – et qui aimerait un gars comme ça ? Alors maintenant il travaillait seulement avec des artistes indépendants. Plus simple. Et ils étaient polis, au moins. Plus exigeants sur les paroles. Mais polis.

Minhwan revint. Ils ne marchèrent pas longtemps avant qu'il file de nouveau. Un magasin de jeux vidéo. Il aimait ça ? Oui, visiblement. Il n'avait simplement pas une tête à jouer beaucoup. En même temps, qu'est-ce que c'était, « une tête à jouer beaucoup » ? Lui-même, petit, il avait beaucoup joué. Et il n'avait pas une tête à jouer beaucoup. Il avait juste une tête à faire peur. Pas pareil. Peut-être parce qu'il jouait trop. Et puis il composait en même temps. En fait, quelques années auparavant, il ne dormait pas beaucoup. Il jouait, et il composait. Pas le temps de dormir. Dormir, c'était perdre du temps. Le temps, c'était précieux. C'était des petits morceaux de vie. À quoi bon dormir ? Allongé, comme au tombeau. Il trouvait qu'il ne rentabilisait pas son temps.

Il avait changé d'avis, depuis. Il fallait dormir. C'était bon pour la santé. Et puis comme ça, il avait les idées plus claires. C'était sympa, de dormir. Récemment, il avait trouvé que c'était encore plus sympa quand il dormait avec Minhwan. De toute façon, tout était plus sympa avec Minhwan. Se promener aussi, c'était cool, avec lui. Ça n'allait pas très vite, mais c'était cool. Au moins, il profitait de l'extérieur.

Il ne sortait pas beaucoup, Jungsu. Quel intérêt ? Sortir pour faire quoi ? Les magasins ? Il n'avait pas d'argent à flamber avec ça. Les parcs ? Seul, c'était un peu triste. Inintéressant. Quoi d'autre ? La promenade, le lèche-vitrine. Pas son truc non plus. Une perte de temps. Et il n'avait pas de temps à perdre. Surtout maintenant qu'il dormait bien la nuit. Il n'y avait que vingt-quatre heures dans une journée. Parfois, c'était peu.

Lui aussi, donc, il découvrait la ville. Il était moins enthousiaste que Minhwan. Il aimait bien quand même. De loin, il regardait un peu tout. Il regardait le monde vivre. Le monde aurait vécu même si lui avait été ailleurs. Dur d'imaginer ça. Pourquoi ? La vanité. Il n'aimait pas l'idée que rien ni personne ne se soucie de sa disparition. Il s'en moquait un peu, quand même. Mais ça lui faisait mal d'imaginer ça. Personne pour pleurer. Personne pour faire la moindre remarque. Il se serait enfoncé dans une terre qui continuait de tourner.

Pas facile…

« Oh, c'est le parc ? »

Minhwan observait une haute arche. Il y commençait un chemin de gravier encadré d'un gazon parfaitement tondu. Oui, c'était là. Jungsu opina. Minhwan lui prit la main pour l'inciter à se hâter.

« Allez, dit-il, dépêche ! »

Ils passèrent l'arche. Minhwan dut s'apercevoir de cette main dans la sienne. Il la lâcha aussitôt.

« Désolé, » dit-il tout bas.

Jungsu ne répondit pas. Il se contenta de sourire. Minhwan le mettait de bonne humeur. Le temps aussi. Il faisait beau. Et puis le parc, également. C'était vrai, il était vraiment beau. Comme Minhwan. En bref, c'était une belle journée.

Avec Minhwan.

Chapitre 15

Minhwan abreuva son âme sombre de tout ce soleil, de toutes ces couleurs, de toutes ces merveilles. Quel bonheur pour lui de découvrir un endroit si splendide : de vastes pelouses s'étendaient à perte de vue, plantées d'arbres auxquels le printemps avait rendu le fier feuillage. Tout semblait renaître, et quelque part en lui, Minhwan crut sentir également quelque chose éclore, quelque chose qui, mystérieusement ou non, le poussa à tourner un regard vers Jungsu.

Ce dernier, à peine quelques mètres derrière lui, le suivait sans presser le pas. Il désirait simplement prendre le temps d'observer cette jolie nature de laquelle il s'était coupé de si longues années. Il goûtait avec délice à ces beautés qu'il redécouvrait.

Son cadet quant à lui ne gardait qu'une chose à l'esprit : courir, courir le plus vite possible pour fuir loin des problèmes. S'échapper de ses peurs, ses craintes, quitter ce monde de larmes pour s'abandonner à celui qu'il partageait avec Jungsu. Le garçon, d'ailleurs, se tourna de nouveau vers son aîné et, un immense sourire aux lèvres, il lui adressa de larges signes.

« Hyung ! l'appela-t-il. Viens vite, dépêche ! Je veux voir les endroits des photos !

— On est pas à la minute, lança à son tour Jungsu. On a tout l'après-midi.

— Mais je veux les voir tout de suite, allez ! »

L'enthousiasme de Minhwan attendrit à ce point son ami que ce dernier pressa le pas malgré son manque d'envie. Le plus jeune gloussa, ravi, lorsqu'il approcha. Il tendit l'index en direction d'un chemin.

« Je veux aller par là, s'il te plaît ! On peut, dis, on peut ?

— Tu vas où tu veux, Minhwan, moi je te suis.

— Trop cool ! On y va ! »

Sans même réfléchir un seul instant, Minhwan attrapa la main de Jungsu afin de l'inciter à accélérer. L'autre se laissa conduire, un sourire espiègle sur le visage. Le cœur du cadet bondit dans sa poitrine : sous le chaud soleil de mai, en compagnie de son sauveur, il se sentait comme un gamin qui souhaitait tout explorer du monde qui l'entourait. Il débordait d'une inexplicable joie de vivre : avoir été contraint si longtemps à demeurer sage et discret l'avait étouffé. Il ne renaissait pas simplement, il profitait en vérité de l'enfance à laquelle il n'avait jamais été autorisé : une enfance banale, heureuse, loin de celle, stricte, que sa famille lui avait imposée.

Désormais, il pouvait s'allonger dans l'herbe, plonger un pied dans l'eau, parler fort, s'abreuver de tout ce qui se dégageait de cet endroit enchanteur. Jadis, quand ses parents l'amenaient au parc, il lui fallait absolument rester auprès d'eux, se taire et se tenir bien droit. C'en était devenu suffocant, année après année.

Jamais il n'avait acquis la moindre liberté, il avait toujours été gêné par cette camisole que l'éducation qu'il avait reçue avait formée autour de son corps. Il avait grandi emprisonné, si bien que la découverte de sa sexualité l'avait aussitôt paniqué : comment une famille comme la sienne aurait-elle pu accepter pareille abomination ? Ses parents l'aimaient, il en avait bien conscience... mais ils aimaient le Minhwan sage qu'ils avaient dressé plus qu'élevé. Il avait eu l'occasion de s'en rendre compte lorsqu'il leur avait avoué ses sentiments et qu'ils l'avaient méprisé pour ça. Il ne se conformait pas à ce qu'ils avaient désiré faire de lui, il ne méritait donc sans doute plus de rester leur fils.

Il pouvait bien aller se suicider, ça ne les regardait plus.

Ces monstrueuses pensées avaient longuement occupé l'esprit du pauvre jeune garçon, mais elles l'avaient déserté aujourd'hui qu'il avançait avec Jungsu. Main dans la main, ils se hâtaient dans une direction parfaitement aléatoire. Le seul fait de courir leur donnait la sensation de délivrer leur cœur. Ça paraissait si agréable de filer sans s'inquiéter de rien ! C'était l'expression de la plus pure insouciance, celle qui avait toujours habité l'âme de Minhwan, celle qui y avait toujours été enfermée.

« Minhwan, va moins vite !

— Mais hyung, je m'étais jamais autant amusé ! J'ai l'impression d'avoir des ailes ! »

~~~

Minhwan rayonnait. Jungsu n'eut pas le courage de briser ça. Il ne savait pas ce que « ça » était. Il savait juste qu'il ne devait pas le briser. Minhwan avait l'air si heureux. Il était si heureux. Si différent du gamin dépressif qu'il avait rencontré à peine quelques jours plus tôt… Comment avait-il pu se métamorphoser à ce point si vite ? Sa famille devait avoir une sacrée emprise sur lui. Ce n'était pas sain. Heureusement qu'il s'en était échappé.

Jungsu haletait. Minhwan avait beau le tirer, il fatiguait. Pas l'habitude du sport. Ni même de bouger. Mais ce regard pétillant… il ne pouvait rien lui refuser. Minhwan dégageait quelque chose de beaucoup trop envoûtant. Impossible de lui refuser quoi que ce soit.

Enfin les deux garçons s'arrêtèrent. Un petit coin perdu. Il n'y avait pas grand monde. Il y avait eux. Il y avait de l'herbe. Il y avait de l'eau. Il y avait des oiseaux, aussi. Et il y avait des arbres qui les cachaient. C'était pour le moins intime. Mais Jungsu aimait bien. Il n'aimait pas quand il y avait des gens autour. Là, ils étaient tranquilles. C'était calme. Il aimait le calme.

« C'est trop beau, murmura Minhwan, j'en reviens pas. »

Il avait l'air ému. Il s'agenouilla sur l'herbe. Jungsu l'imita. Il lui adressa un sourire. Il posa la main sur son épaule. Il ne dit rien. Il ne savait pas quoi dire. Minhwan aussi resta silencieux. Jungsu s'assit. Ce fut au tour de Minhwan de l'imiter. Jungsu voulait se reposer. L'épaule de son cadet entra en contact avec la sienne. Ils échangèrent un regard.

« Merci de m'avoir amené ici, dit-il. Je te suis tellement reconnaissant…

— Je suis content que ça te fasse plaisir.

— J'ai envie de faire un truc débile.

— Débile comment ?

— Digne d'un enfant de six ans.

— C'est risqué ?

— En théorie, non.

— Alors fais-toi plaisir. »

À ces mots, Jungsu vit briller une étincelle espiègle dans son regard.

« Dans ce cas, je te confie ça ! »

Minhwan posa son portable sur l'herbe. Avant même que Jungsu pose la moindre question, Minhwan filait. Jungsu écarquilla les yeux en comprenant ce qu'il s'apprêtait à faire. Un large sourire étira ses lèvres. Minhwan bondit. Il plongea dans l'eau. Elle était peu profonde. Ils avaient vu un chien y barboter quelques instants plus tôt. Ce n'était vraiment pas très profond. Elle leur arrivait à la taille, à peu près.

Il aurait pu retirer son jean et son t-shirt, quand même.

L'entrée de Minhwan souleva une gerbe d'eau. Un boucan retentit. Il était accompagné du rire de Minhwan.

« Gamin ! dit Jungsu en riant.

— Viens !

— T'es fou ! »

Nouvel éclat de rire de Minhwan. Il barbota un long moment. Ses cheveux trempés collaient à son crâne. Jungsu le regardait avec affection. Il le trouvait mignon, pareil à un enfant. Minhwan avait les vêtements trempés, aussi. Heureusement qu'il avait pensé à laisser son portable ici.

Jungsu posa son téléphone dans l'herbe. Il s'avança jusqu'à la rive. Minhwan lui adressa un immense sourire. Jungsu lui offrit un bref signe de la main. Minhwan chercha de nouveau à l'attirer.

« Tu viens te baigner ?

— Je sais même pas si c'est autorisé.

— On s'en fout ! rit Minhwan. Va savoir : si ça se trouve, on va mourir bientôt. Profite de la vie ! »

Jungsu se sentit étrangement ému. Entendre Minhwan l'inciter à profiter de la vie avait quelque chose de touchant. Il souriait. Il riait. Il vivait pleinement. Il ressemblait à un gosse qui découvrait la mer. Dans une banale rivière. C'était encore plus mignon à ses yeux. Minhwan ne se souciait pas des regards des quelques personnes qui passaient ici. Il riait seul. Il tentait quelques brasses sans se soucier de ses vêtements mouillés.

Minhwan claqua brutalement la surface de l'eau à l'aide de sa paume. Il le fit en direction de Jungsu. Jungsu tenta de se protéger. Or, il n'agit pas assez vivement. Il fut trempé à son tour. Jungsu détestait ce genre de gamineries. Son tempérament calme l'écartait de tous ces enfantillages. Il n'aimait pas s'agiter. Ça l'agaçait d'être mouillé. Par la pluie ou bien par un gosse d'une vingtaine d'années. Dans tous les cas, il n'aimait pas.

Pourtant, face à cet acte barbare commis par Minhwan, il sourit. Il sourit, et il rit. C'était rare. Peut-être la faute du soleil et de cette ambiance estivale. Jungsu se sentit heureux. À son tour, il se sentit vivant.

Chapitre 16

Minhwan insista pour rester le plus longtemps possible dans l'eau. Il ignorait pour quelle raison il aimait à ce point se baigner, mais il s'était découvert une véritable passion, une passion pour la liberté. Le simple droit de s'amuser dans un fleuve ne lui avait jamais été acquis. Ses parents ne lui avaient pas offert l'enfance d'un petit garçon comme les autres, ils avaient désiré le métamorphoser en un garçon à leur image : sur la retenue, calme, poli. En bref, ils avaient souhaité transformer un gosse de six ans en un adulte de trente.

Aujourd'hui enfin, Minhwan éprouvait la sensation de vivre la jeunesse qu'il aurait dû connaître des années plus tôt. Il nageait, barbotait, et il venait d'envoyer une gerbe d'eau sur Jungsu, simplement pour rire. Parce que oui, ça le faisait rire, ça le rendait heureux. Et le monde, si Minhwan avait conscience qu'il ne tournait pas autour de lui, il lui semblait du moins qu'il tournait autour d'eux deux. Le bonheur conquérait un cœur qu'il ranimait. Le sourire de son ami parut magnifique à l'étudiant : Minhwan aimait plus que tout ce rictus gommeux. Jungsu dégageait quelque chose qui s'apparentait pour lui à une tempête de neige brûlante : si froid que personne n'osait approcher, alors même que son âme renfermait une chaleur telle qu'elle irradiait. Il suffisait de ne pas se fier aux apparences.

Les deux garçons s'étaient parlé avant de se regarder. Ils s'étaient entendus avant de se voir. Ils s'étaient connus avant de se juger. Ils n'avaient montré aucun a priori l'un vis-à-vis de l'autre alors que le monde nourrissait une montagne d'a priori vis-à-vis d'eux. Chacun était le seul à pouvoir comprendre leur ami.

Peut-être aussi le seul à pouvoir le sauver, cette nuit-là.

Une fois de plus, Minhwan projeta sur Jungsu un peu d'eau que le pauvre compositeur se prit en pleine figure, provoquant l'hilarité de son cadet.

« T'en as pas marre ? protesta l'aîné d'un air boudeur en dépit de son sourire.

— Si toi, t'en avais vraiment marre, tu serais retourné dans l'herbe vers nos portables, au lieu de rester ici, rétorqua le plus jeune. Alors viens pas faire semblant de me trouver ennuyeux. De nous deux, le relou, c'est toi.

— Ah vraiment ?

— Ouaip, totalement. Assume.

— Je suis ennuyeux parce que je m'amuse pas comme un enfant dans l'eau ?

— Exact. Alors, que vas-tu faire ? T'ennuyer, ou bien... »

Il n'acheva pas sa phrase, son regard joueur s'en chargea à sa place. Jungsu leva les yeux au ciel dans un ricanement moqueur. Il s'apprêtait à reprendre la parole quand il reçut une nouvelle éclaboussure.

« Mais t'as pas fini de me faire chier ! s'exclama-t-il sous la surprise.

— Allez, hyung, viens : t'es déjà trempé, qu'est-ce que ça changera ?

— Espèce de gamin, j'te jure… »

Jungsu se redressa, tourna le dos et repartit. Son cadet fit la moue ; avait-il dépassé les limites ? Jungsu avait ri, jusque-là, chaque fois qu'il le taquinait. Il avait cru que ça l'amusait… il n'avait pas souhaité l'ennuyer.

Après quelques brasses, le jeune garçon songea à aller s'excuser pour son comportement. Sa joie lui semblait s'être évaporée, tout comme son sourire. Il craignait plus que tout de perdre son nouvel ami, le seul capable de le comprendre, le seul auprès de qui il se sentait bien.

Or, lorsqu'il se tourna en direction de la rive pour rejoindre Jungsu, il recouvra toute sa bonne humeur aussitôt. Elle avait paru lui fouetter le cœur : l'aîné, d'un pas rapide, revenait. Il ne s'arrêta d'ailleurs pas à la berge : à son tour il bondit, et il plongea bruyamment dans l'eau.

« Hyung ! »

Enchanté, Minhwan se hâta de le rejoindre. Jungsu sortait à peine la tête de l'eau que déjà son ami l'enlaçait sans dissimuler l'affection qu'il lui portait. Le plus vieux enroula à son tour les bras autour de lui sans comprendre ce soudain élan de tendresse de la part de l'étudiant.

« J'ai cru que tu m'en voulais, avoua ce dernier. Désolé.

— Mais non, t'inquiète, c'est rien du tout. Tu pensais pas à mal, et puis t'avais raison, c'était drôle. J'ai juste pas l'habitude d'écouter mes envies, je crois.

— Ah bon ? Pourtant t'as pas l'air du genre à t'intéresser à l'avis des autres.

— Ouais, mais quand même. J'ai pas envie d'avoir l'air d'un gosse... mais j'ai quand même envie de te couler.

— Hein ? Tu ne... »

Le pauvre Minhwan n'eut pas le temps de terminer que déjà son aîné s'écartait de lui pour lui appuyer sur les épaules. Il laissa échapper un couinement de surprise mais ne put pas s'accrocher à lui : il s'enfonçait sous l'eau. Jungsu relâcha aussitôt la pression qu'il exerçait sur lui, et moins d'une seconde après avoir disparu sous la surface, la chevelure châtain du jeune garçon reparut. Il affichait une moue incrédule qui se transforma rapidement en un sourire quand il vit Jungsu éclater de rire.

« Tu vas me le payer ! »

~~~

Jungsu s'amusa bien. Il ne regrettait pas son choix. En vérité, il avait vraiment voulu aller vers les téléphones. Mais il s'était retourné. Il avait vu

Minhwan nager sans enthousiasme. Un Minhwan sans enthousiasme, c'était comme un bibimbap sans œuf. Il manquait quelque chose. Quelque chose d'important. Quelque chose qui faisait toute la différence. Et ça n'avait plus rien de bien intéressant, sans l'œuf. Minhwan n'était pas lui-même quand il ne souriait pas.

C'était bizarre, non ? Parce que quand Jungsu avait rencontré Minhwan, Minhwan ne souriait pas. Oui, mais son sourire était très particulier. Il était vraiment beau. Et Minhwan aussi, il était beau. Alors Jungsu voulait voir Minhwan sourire. Comme ça, Minhwan était vraiment beau. Comme ça, Jungsu était vraiment heureux.

Heureux ? Était-ce le mot ? C'était le premier mot qui lui était venu. Mais ça ne pouvait pas vraiment qualifier son état, si ? Est-ce qu'il était heureux avec Minhwan ?

Est-ce qu'il était heureux de se chamailler avec lui dans l'eau ? Est-ce qu'il était heureux de l'écouter le complimenter ? Est-ce qu'il était heureux de le regarder écouter chacune de ses compositions ? Est-ce qu'il était heureux de dormir auprès de lui ?

Est-ce que Minhwan le rendait heureux ?

Oui.

Oui, Minhwan le rendait heureux. Pourquoi ? Il ne savait pas vraiment. Peut-être parce que d'une certaine manière, ce gamin innocent l'incitait à se libérer de la routine. Elle l'avait emprisonné si longtemps. Il n'avait pas osé la briser. Minhwan l'avait fait pour lui. Jungsu lui en était reconnaissant. Ça faisait du bien.

Oh… il ne s'ennuyait plus, d'ailleurs. Il n'avait pas le temps de s'ennuyer. Là, il était en train de jouer dans l'eau. Il s'ennuierait après. Il n'avait pas le temps. Il attendrait que Minhwan s'en aille pour s'ennuyer de nouveau. Mais il ne voulait pas que Minhwan s'en aille. Il l'aimait bien, Minhwan. Il l'aimait même vraiment beaucoup. Il voulait le garder auprès de lui.

Est-ce que c'était pour ça qu'il l'enlaçait pour la troisième fois dans l'eau ? Possible. Entre deux éclats de rire. Entre deux tentatives de s'éclabousser. Ils se rapprochaient. Ils s'enlaçaient. Ils échangeaient un regard. C'était si parlant, un regard. Jungsu n'était pas très doué avec les mots. Le regard, ça l'aidait beaucoup à s'exprimer.

Ils venaient de nouveau d'essayer de plonger l'autre sous l'eau. Minhwan gloussait. Jungsu souriait. Ils se regardèrent. Ils avaient la mine ravie. C'était la même rengaine. Des jeux et des rires. Minhwan paraissait si heureux.

Il le fixait de manière si intense…

Une fois de plus, ils furent attirés l'un à l'autre. Minhwan enroula les bras autour de sa nuque. Jungsu déglutit. Il enlaça sa taille. Il ignorait pourquoi. Minhwan le fascinait. Son regard était profond. Jungsu n'arrivait pas à s'en détacher.

Leurs deux corps furent réunis. L'un sentait l'autre contre lui. C'était étrange. Ça avait quelque chose de sensuel. C'était sensuel, non ? Ils s'étreignaient, trempés. Alors c'était sensuel. Jungsu trouvait que ça l'était. Et… il aimait bien.

« Hyung… »

Jungsu répondit d'un regard interrogateur. Minhwan hésita à poursuivre.

« Dis, est-ce que tu… enfin, qu'est-ce que… j-je veux dire… euh… »

Non, Jungsu ne comprenait pas. Il regardait Minhwan avec une mine perdue. Il voulait lui demander s'il l'aimait ? Non, c'était prématuré. Jungsu se faisait sûrement des idées. Il voulait peut-être savoir s'il aimait ce moment. Bizarre, mais possible. Ça se voyait, pourtant, qu'il s'amusait bien. Jungsu resta silencieux. Il ne voulait pas dire n'importe quoi. Mieux valait se taire plutôt que de commettre une maladresse.

Minhwan garda le silence. Lui aussi, il ne voulait sûrement pas dire n'importe quoi. Ouais. Sûrement. Pas facile de communiquer.

Pourtant, son regard…

Chapitre 17

Impossible pour Minhwan de poursuivre sa phrase. Il se sentait déjà stupide d'avoir éprouvé un instant l'impression de pouvoir parler, de pouvoir demander à Jungsu… s'il pouvait l'embrasser. Que se serait-il passé s'il avait trouvé le courage d'aller jusqu'au bout ? Aurait-il regretté ? Jungsu, en tout cas, se serait sans aucun doute montré outré par ses propos. Accepter l'homosexualité de son cadet ne signifiait pas consentir à ce qu'il requiert une chose pareille. Il s'en vexerait, et Minhwan comprendrait aisément une telle réaction.

« Laisse tomber, murmura-t-il en cherchant à s'écarter de lui.

— Tu voulais dire quoi ? »

Jungsu refusait de le relâcher. Minhwan déglutit, tout à coup gêné. Son regard s'était fait fuyant, quant à celui de Jungsu, il demeurait si pénétrant. D'un seul coup d'œil, il paraissait capable de sonder son âme ; savait-il ce qu'il comptait lui demander ? Non, impossible, sinon il se serait déjà enfui.

Le cœur du cadet palpitait douloureusement. Il planait entre eux une tension dérangeante. Personne ne passait dans cette partie du parc, néanmoins Minhwan se sentit embarrassé à l'idée que quiconque arrive et les surprenne dans une pareille position. On formerait de fausses impressions à leur sujet, et Jungsu risquait d'en souffrir.

Que lui répondre, donc ? Car le compositeur ne paraissait pas le moins du monde décidé à accepter de le laisser tant qu'il n'aurait pas parlé. Pourtant… quelle humiliation ! Minhwan baissa les yeux, se mordit la lèvre, et trouva une solution plausible.

« Hyung, je voulais savoir si… si tu pouvais me prendre dans tes bras.

— C'est pas déjà ce que je fais ?

— Juste… un peu plus près, murmura-t-il.

— Tu veux un câlin ? »

Honteux, son ami se contenta d'acquiescer. Au moins, il n'avait pas réclamé de baisers. Il ne s'agissait finalement que d'un demi-mensonge, car il avait espéré que si Jungsu l'embrassait, il le serrerait fort contre lui. Il ressentait un puissant besoin de contact humain, peut-être parce que de cette manière il… il lui semblait qu'enfin, il existait un garçon qu'il ne répugnait pas à cause de sa sexualité. Jungsu l'acceptait.

« Je suis désolé, soupira pourtant Minhwan aussitôt après avoir opiné. Tu dois trouver ça stupide, mais j'ai juste… je crois que… »

Il fut interrompu tout à coup quand Jungsu accentua la pression qu'il exerçait sur sa taille. Son ami fut attiré à lui, leurs deux torses se rejoignirent tandis que Minhwan ne pouvait retenir un hoquet de surprise et des yeux ronds. Il n'eut pas le temps d'interroger son aîné que déjà ce dernier l'enlaçait, la joue contre la sienne.

La respiration du plus jeune en fut coupée, tant par l'étonnement que par l'émotion. Que quelqu'un se montre à ce point généreux avec lui... il n'avait jamais connu ça. Pourquoi donc ? Il l'ignorait. Sa famille ne s'était jamais avérée très aimante avec lui, il avait cruellement manqué de tendresse. Sans doute voyait-il en Jungsu quelqu'un capable de lui en apporter... et il avait vu juste. À peine se fut-il aperçu que son sauveur lui offrait cet innocent câlin que Minhwan sentit son cœur se gonfler d'un sentiment délicieux qui lui noua pourtant la gorge. Aussitôt, il enroula de nouveau les bras autour de sa nuque pour finalement blottir la tête dans le creux de son cou. Jungsu le laissa faire, il lui caressa même ses cheveux trempés, sans un mot, sans une moquerie, sans une brimade. Uniquement de la délicatesse.

Minhwan ne pouvait pas s'empêcher d'en être profondément touché.

« Merci, susurra-t-il. T'imagines pas comme ça compte pour moi. T'es tellement gentil, gentil comme personne ne l'avait jamais été. »

Jungsu demeura silencieux, son ami sentait contre la peau de sa clavicule son souffle calme – c'était apaisant de se trouver en compagnie de quelqu'un de si tranquille. Le tsunami capable d'éteindre le plus puissant brasier...

L'eau coulait, les oiseaux piaillaient parfois, le vent mugissait, les feuillages bruissaient. Minhwan, pourtant, n'avait jamais éprouvé une pareille sensation : il lui semblait que tout avait disparu autour d'eux. Les paupières closes, il souriait alors même qu'une première larme venait d'échouer sur sa joue juvénile.

N'était-ce pas révélateur, de s'émouvoir d'une banale étreinte ?

Ils ne s'écartèrent qu'au terme de longues mais exquises secondes. Minhwan apprécia le parfum de son ami qui lui envahissait les narines et le remercia une fois de plus avant de regagner la berge, suivi par Jungsu. Ce dernier gardait un implacable silence qui ne gêna pas son cadet : il le connaissait assez pour savoir ce que ses silences signifiaient.

Ça ne voulait pas nécessairement traduire un quelconque rejet. Parfois, le compositeur ne répliquait pas, simplement parce qu'il n'avait rien à répliquer. C'était quelque chose que Minhwan admirait et aimait beaucoup : ils pouvaient couper une conversation sans que ce soit mal interprété par l'autre.

Ils se comprenaient.

~~~

Jungsu embrasserait bien Minhwan. Ses lèvres lui faisaient envie. Il se moquait qu'elles appartiennent à un homme ou une femme. Elles étaient belles. C'était tout ce qui comptait. Belles et appétissantes. Il voulait les goûter. Minhwan ne serait sûrement pas très heureux d'apprendre ça. Il serait gêné. Jungsu ne souhaitait pas qu'ils se disputent.

Mais quand même. Elles étaient belles, ses lèvres.

Jungsu était déjà sorti avec des gens. Deux filles et un garçon. Il les avait bien aimés. Mais il était un peu détaché. Il appréciait leur présence. C'était tout. Il avait cru les aimer. C'était juste de l'attachement. Il avait été heureux avec eux. Pas très longtemps. Il s'était lassé. Ils avaient discuté. Chaque fois, ça s'était déroulé de la même façon. Il ne regrettait pas. Ses compagnons non plus. Ils lui avaient dit qu'ils avaient été heureux avec lui. Tous. Ils avaient dit qu'il avait un caractère adorable. Jungsu ne se trouvait pas adorable, mais soit.

Minhwan était-il pareil à eux trois ? Pas sûr. Déjà, Jungsu avait changé. Sa dernière relation remontait à plus d'un an. C'était long. Il avait eu le temps de changer. Il avait beaucoup appris de lui-même. Et puis Minhwan était différent. Déjà, il était plus jeune que lui. Jungsu sortait avec des gens de son âge. Parfois plus vieux. Pas plus jeunes. Ça lui donnait une impression désagréable. Il n'aimait pas. Il n'aimait pas avoir la sensation de devoir protéger autrui. Lui, il n'était pas doué pour protéger les autres. Il avait failli mettre fin à ses jours. Comment protéger qui que ce soit ? Ridicule.

Pourtant, Minhwan... Pour une fois, Jungsu voulait protéger quelqu'un. Essayer, au moins. Il ne désirait pas seulement l'embrasser. De toute son âme il voulait le sauver. Pourquoi ? C'était bizarre, non ? Peut-être parce qu'il trouvait ça injuste. Minhwan ne devait pas mourir. Il n'avait pas le droit. Il était mignon. Il était gentil. Il était généreux. Il était un garçon merveilleux. Alors il n'avait pas le droit de mourir. Parce que ceux qui lui avaient fait du mal, ils étaient sereins. Donc Minhwan devait vivre. Il devait leur montrer qu'il était fort. Plus fort qu'eux. Plus fort que la haine. Parce qu'il l'était. Minhwan était fort. Il avait simplement besoin qu'on le lui rappelle. Que Jungsu le lui rappelle.

Alors Jungsu se devait de le soutenir. De lui dire qu'il était fort. Qu'il était admirable. Qu'il devait se battre. Qu'il avait le droit au bonheur. À l'espoir. À la vie. S'il devait mourir, Jungsu serait triste. Non, pas seulement triste. C'était quoi, le mot, déjà, pour dire « vraiment très triste » ? Ah oui. Jungsu serait dévasté. Le monde n'avait jamais été juste. Jungsu trouvait que ça le rendait laid autant que beau. Mais il trouverait ça immonde que Minhwan s'en aille. Son univers ne serait plus qu'un marécage sordide sans lui.

Parce que Minhwan avait des airs d'ange. C'était un crime que de blesser un ange.

Il fallait croire que Minhwan était le sauveur de Jungsu. Autant que Jungsu était le sauveur de Minhwan. Ils éprouvaient un ardent désir de vivre. Pourquoi ? Parce que la mort de l'autre les renverrait à leur propre mort. Difficile à expliquer. Pour faire bref, Jungsu ne voulait pas que Minhwan meure. Il préférait encore le garder chez lui pour toujours. Jusqu'à ce que ce soit la nature qui décide qu'il était temps de partir. La nature. Pas une bande de sales cons.

Est-ce que Minhwan pensait la même chose ? Jungsu se demandait souvent ce que les autres pensaient. Ça ne l'atteignait pas, il se posait juste la question. Mais là, il était vraiment curieux. Il voulait savoir. Est-ce que Minhwan refusait aussi qu'il meure ? Est-ce que ses émotions étaient aussi vives que les siennes ? Jungsu peinait à y croire. Ses émotions, à lui, étaient vives. Elles lui faisaient un peu mal au cœur. Ça ressemblait à une nausée. Oui, c'était ça. Imaginer sa vie sans Minhwan, c'était s'imaginer avec une nausée permanente. Pas agréable. Autant en finir aussi.

Or, il n'était plus question d'en finir. Désormais, il avait un but. Un but pour tromper l'ennui. Un but pour tromper la mort.

Il devait protéger Minhwan.

Chapitre 18

Jungsu ne savait pas trop pourquoi il pensait ça. Protéger Minhwan. Comment ? En barbotant avec lui dans l'eau ? C'était sympa, mais après ? Minhwan voudrait autre chose. Des études, un travail. Il voudrait grandir. Il voudrait tenter de s'épanouir à sa manière. Comment ? Aucune idée. Jungsu pensait qu'après sept jours, ils iraient crever. Il n'avait pas prévu… qu'il voudrait sauver Minhwan. Qu'il voudrait rester en vie pour veiller sur lui.

Car pourquoi veiller sur lui depuis les cieux ? Un ange gardien ne servirait à rien à cet ange là. Minhwan avait besoin qu'il soit là. Qu'il soit auprès de lui. En vrai. Tangible. Pas juste un « je veillerai sur toi depuis là-haut ». Minhwan était quelqu'un de jovial. Un garçon sociable. Il avait besoin d'être entouré. Déjà que Jungsu devait l'entourer tout seul. S'il s'en allait, Minhwan n'aurait plus rien.

Ce n'était pas de la vantardise. Jungsu savait qu'il était ce qui raccrochait Minhwan à la vie. Tout comme il admettait que Minhwan le gardait en vie. Ils se maintenaient en vie l'un l'autre. Et peut-être que chaque jour, leur cœur se remplissait d'espoir. Grâce à la présence de l'autre. C'était réconfortant. Leur relation, c'était leur vie. Au sens propre. Ils n'avaient rien, sinon.

Sortis de l'eau, ils récupérèrent leur portable. Ils échangèrent un sourire.

« On rentre ? Je suis trempé, dit Jungsu.

— Oui, je commence à fatiguer. C'était vraiment cool, la baignade !

— Ouais, c'était pas mal.

— Pff, ça se voyait que t'as carrément adoré, fais pas genre. »

Jungsu haussa les épaules avec un sourire. Ouais, il avait adoré. C'était vrai. Il s'était rarement senti aussi proche de quelqu'un. Ça faisait longtemps. Ça lui manquait.

Ils rentrèrent ensemble. Vingt minutes de plus à pied. Jungsu n'aimait pas marcher. Mais il aimait bien marcher avec Minhwan. Minhwan parlait beaucoup. Tout le temps. Sur le chemin du retour, il avait aussi parlé. Il se demandait beaucoup de choses sur le Japon. Jungsu ne savait pas répondre à la moitié de ses questions. Il se sentait un peu bête. Tant pis. Minhwan savait qu'il sortait peu. Pas étonnant qu'il n'y connaisse rien. Minhwan ne le jugeait pas.

Ils arrivèrent. Ils allèrent tour à tour à la douche. Ils prirent un esquimau en guise de collation. Un petit truc sucré et frais. Ça faisait du bien. L'après-midi n'était pas fini. Jungsu proposa de regarder un truc. Minhwan demanda quel truc. Ils regardèrent un animé. C'était cool. Ils étaient assis sur le lit de Jungsu. L'ordinateur était placé devant eux. Ils étaient vraiment très proches. Jungsu regardait parfois Minhwan. Il ne savait pas trop pourquoi. Il le trouvait mignon. De profil, il était vraiment beau. De face aussi, il était beau, d'ailleurs.

Un nouvel épisode s'acheva. Il était un peu tard, non ? Jungsu ne savait pas trop. Dehors, il faisait nuit. Ah quand même. Tard, donc.

« T'as faim ? demanda-t-il.

— Non, pas vraiment. Et toi ?

— Non plus. »

Jungsu opina. Il ne dit rien. Quoi dire, en même temps ? Il n'était pas doué pour faire la conversation.

Ils décidèrent de se coucher tôt. Après une demi-heure, ils étaient de nouveau dans la chambre. La grande lumière illuminait la pièce. Jungsu était sur le point de l'éteindre. Puis il se rappela.

« J'ai pas d'autre lumière, dit-il en se tournant vers Minhwan. Tu veux que je laisse celle-là allumée ?

— C'est trop vif, comme éclairage, dit Minhwan en faisant la moue, ça va te déranger.

— Bof, pas nécessairement.

— T'inquiète, tu peux éteindre.

— Minhwan, c'est pas grave si tu flippes. On a tous des phobies, y a pas à en avoir honte.

— Y a que les enfants qui ont peur du noir.

— Non, y a qu'eux qui l'admettent, c'est tout. Y a aussi des jeunes et des adultes qui flippent dans le noir. Dis-toi que si toi tu ressens ça, t'es sûrement pas le seul dans le monde à qui ça arrive.

— Oui, sûrement... merci.

— Je vais laisser allumé.

— Non, c'est pas nécessaire.
— Minhwan, tu ne...
— Est-ce que... tu pourrais me prendre dans tes bras ? le coupa-t-il d'un murmure. Ça me dérange pas de dormir la lumière éteinte, mais... juste... pas tout seul. S'il te plaît. »

Dormir... contre Minhwan ? Avec lui dans les bras ? Serrés l'un contre l'autre ?

« T'es vraiment sûr ? demanda Jungsu.

— La lumière me donne l'impression d'être protégé... cette même impression que je ressens auprès de toi. »

~~~

Minhwan s'était contenté de murmurer cette phrase, aveu qui l'humiliait, d'une certaine manière. Pourtant, il disait vrai : s'il lui fallait dormir avec un peu de lumière, c'était simplement parce qu'il éprouvait la sensation que la nuit, ses monstres profitaient de l'obscurité pour lui susurrer des choses atroces. Des ordres auxquels il devait à tout prix éviter de se plier. Or, quand Jungsu le tenait contre lui avec douceur, comme dans l'eau... les démons n'existaient plus. Seuls demeuraient d'agréables sentiments qui lui réchauffaient le cœur. Ils le réconfortaient, la douleur s'effaçait peu à peu.

« Alors dans ce cas, j'éteins la lumière, opina Jungsu. »

Tout devint noir. Pour autant, les rideaux tirés laissaient entrer une mince clarté qui permettait encore de distinguer les silhouettes alentour. Minhwan observa son ami s'allonger auprès de lui. Il attendit que l'aîné soit confortablement installé sous les couvertures, après quoi ce dernier lui ouvrit les bras, signe de s'y blottir. Tout à coup ému alors qu'il en ignorait la raison, l'étudiant le rejoignit d'un geste brusque qui traduisait le sursaut de son cœur. Attendri par son acte, Jungsu laissa échapper un gloussement avant de refermer son étreinte autour de lui.

Enfermé dans ce réconfortant cocon, Minhwan permit enfin à ses paupières de se clore, serein car il se savait protégé de ses démons. Il ne craignait rien. La chaleur du corps de Jungsu lui rappelait que même si les ténèbres avaient englouti l'endroit, il se tenait auprès de lui, si près de lui. La délicatesse de sa peau contre la sienne témoignait de son éternelle douceur envers lui, et le jeune homme se sentait comme sur un petit nuage nocturne.

Quoique dormir dans les bras de quelqu'un paraisse étrange les premières minutes, Minhwan s'y trouva rapidement à son aise, bien plus à son aise, même, que lorsque Jungsu s'était contenté de laisser un peu de lumière. Jadis, il avait rêvé de profiter d'une nuit auprès du garçon duquel il était tombé amoureux… aujourd'hui, il était lové contre le torse de Jungsu qui le serrait avec une telle tendresse qu'il pourrait presque le croire amoureux.

Il avait finalement découvert tout ce qu'il avait toujours cherché : de l'attention, de l'affection, et plus que tout de la tolérance. Pourquoi vouloir quitter ces bras protecteurs ? Pour rien au monde il ne désirait partir. S'il pouvait vivre auprès de Jungsu... il vivrait sans la moindre hésitation. Si ces journées pouvaient devenir son quotidien, alors il vivrait sans la moindre hésitation. Il vivrait avec bonheur, épanoui comme il ne l'avait jamais été.

« Encore merci pour tout, hyung. Bonne nuit.

— Bonne nuit, mon Minhwan. »

L'âme débordante de joie, le cadet inspira profondément pour profiter encore du parfum de son sauveur avant de se laisser lentement porter jusqu'au pays des songes – des songes qui se révélèrent bien plus doux que jamais.

Plusieurs heures plus tard, Minhwan ouvrit les yeux : les rayons de soleil matinal lui titillaient les paupières. Ces dernières papillonnèrent un court instant avant que le jeune garçon ne les referme, peu désireux de se lever si tôt. Il vit cependant bien vite le bon côté de ce réveil aux aurores : Jungsu, assoupi auprès de lui, n'avait pas bougé. L'étudiant pouvait donc se complaire un peu plus longuement dans ses bras qu'il ne souhaitait plus quitter. Ils valaient tous les mots doux du monde, ils lui offraient tellement plus que le banal réconfort d'une petite lumière à la lueur vacillante.

Jungsu représentait bien plus qu'une étincelle dans la nuit, car c'était sans arrêt qu'il réchauffait le cœur de Minhwan à la manière d'un ardent brasier. Il était ce brasier qui détruisait toute angoisse, qui réduisait ses craintes en cendres – des cendres qui servaient ensuite à faire pousser les graines de l'espoir que les attentions de Jungsu avaient semées dans son âme. Oui, c'était exactement ce que ressentait Minhwan : son aîné remplaçait la peur par la confiance, les doutes par les certitudes, et la douleur par la joie.

Ces sentiments délicieux expliquaient probablement ce qu'éprouvait désormais Minhwan. Car au fond de lui, Jungsu avait également remplacé la colère par l'amour. Le cadet en était convaincu : il était bel et bien tombé amoureux de son sauveur.

Et il l'aimait si tendrement…

Chapitre 19

Jungsu ouvrit les yeux. Pas facile. Il voulait encore dormir. Minhwan était toujours dans ses bras. Raison pour dormir encore plus longtemps. Son petit corps était tout chaud. C'était confortable de le serrer contre lui. C'était comme tenir une petite bouillotte. Ça avait quelque chose de rassurant.

Par réflexe, Jungsu lui embrassa le front. Il ne sut pas pourquoi il avait agi de la sorte. Il avait simplement envie de poser les lèvres sur sa peau. Elle était douce.

Minhwan poussa un faible grognement. Oups, il était réveillé ? Ou bien Jungsu l'avait réveillé. Ce n'était pas voulu.

Minhwan poussa un soupir. Jungsu y entendait poindre un profond bien-être. Ça le fit sourire. Au moins, il avait bien dormi. Minhwan s'étira, bâilla, s'étira encore. Jungsu bâilla aussi. C'était contagieux. Il se passa la main dans les cheveux. Minhwan, lui, se la passa sur le visage. Il poussa un nouveau soupir.

Ensuite, les deux garçons restèrent immobiles. Jungsu se sentait incapable de bouger. Il étreignait toujours Minhwan. Minhwan n'avait pas ouvert les paupières. Jungsu les avait refermées. Il était trop bien ici pour s'en aller.

Les minutes passèrent.

« J'ai vraiment bien dormi, grâce à toi, dit Minhwan. Merci.

— J'en suis heureux.

— J'ai pas envie de me lever.

— Moi non plus.

— On dort encore deux ou trois ans ?

— Ça me va, c'est parti. »

Minhwan ricana. Jungsu sourit. Il était sérieux, en plus. Il se verrait bien ne plus bouger d'ici. Une vie entière, allongé, avec Minhwan dans ses bras. Ça avait l'air cool. Agréable. Ça lui plairait. À Minhwan aussi, visiblement. Les blagues, ça cachait toujours un fond de vérité. Ici, la vérité, c'était que Minhwan voudrait rester plus longtemps avec lui. Pas étonnant. Le sentiment était partagé.

« Quelque chose de prévu, aujourd'hui ? demanda Minhwan.

— Du boulot, ouais.

— Ah. Plus qu'hier ?

— Sûrement. Je suis pas loin d'avoir fini, je vais essayer de boucler ça avant ce soir.

— T'en auras pour combien de temps ?

— Sûrement six ou sept heures. Je ferai ça ce matin. T'auras de quoi t'occuper ?

— Tant que j'ai une télé, ça me va. J'ai vu que t'avais aussi quelques bouquins.

— Ouais. Fais comme chez toi.

— Compte sur moi. »

Un sourire naquit sur les deux visages. Jungsu ouvrit les paupières. Minhwan aussi. Au même moment. Ils échangèrent un regard. Un regard bizarre. Intense ? C'était peut-être ça, le mot. Un regard intense.

« Faut que je me lève, dit Jungsu comme s'il espérait que Minhwan l'en empêche.

— Courage…

— J'en ai pas, le matin.

— Un… un dernier câlin ? »

Il avait demandé ça si timidement. Il en rougissait, d'ailleurs. Minhwan rougissait rarement. Du moins, Jungsu le voyait rarement rougir. Mais c'était mignon. Une chose de plus qu'il trouvait attachante chez lui.

Jungsu ne répondit pas. Il se contenta de se blottir contre son ami. Il le serrait fort. Minhwan osa enrouler les bras autour de sa taille. Il se lova contre Jungsu, les yeux clos. Sa respiration était tranquille. Ses joues, en revanche, étaient brûlantes. Jungsu le savait parce qu'il lui caressait désormais les pommettes. Il agissait avec douceur. Minhwan portait un t-shirt. Jungsu put voir des frissons se propager sur ses bras. Ça voulait dire que Minhwan aimait bien, non ? Ou peut-être qu'il avait froid…

Dans le doute, Jungsu voulut remonter la couverture. Il s'apprêtait à retirer la main du visage de Minhwan. Minhwan dut s'en rendre compte. Il lui attrapa aussitôt le poignet. Il rouvrit les yeux. Il le regardait. De la détresse se lisait dans ses prunelles.

Jungsu reposa la main sur sa joue. Il la lui caressa de nouveau.

« J'aime vraiment quand tu fais ça, murmura Minhwan.

— Je sais, j'ai remarqué.

— C'est gênant…

— Que je l'aie remarqué ?

— Ouais. Un peu.

— Si tu le dis.

— Ça… ç-ça t'embarrasse pas ?

— De quoi ?

— De me prendre dans tes bras, dit Minhwan.

— Non.

— Ah…

— Pourquoi ça m'embarrasserait ?

— Je sais pas… tu sais que… enfin, que j'aime les garçons. Alors… j'imagine que tu pourrais être gêné.

— Je sais pas. Moi j'aime bien, dit Jungsu.

— C'est vrai ?

— Oui. »

~~~

Minhwan sentait un sourire tenter de s'emparer de ses lèvres, si bien qu'il préféra dissimuler son visage dans le creux du cou de son aîné. Ça le rendait heureux de savoir que Jungsu n'éprouvait aucun embarras quant au fait de lui offrir ces tendres câlins… mais quel comportement adopterait-il si

Minhwan lui révélait ses sentiments ? Il s'agissait là d'une question à laquelle le jeune homme ne désirait pas apporter de réponse. La simple idée que Jungsu l'abandonne l'effrayait au plus haut point.

L'instant se poursuivit de longues et agréables minutes avant de cesser de façon presque naturelle. Les deux garçons s'écartèrent d'un même mouvement, échangèrent un sourire et se redressèrent. Jungsu alla à la cuisine chercher un verre d'eau, ainsi qu'un pour son cadet qui l'en remercia lorsqu'il le lui rapporta. Puisqu'aucun n'avait faim, chacun se consacra à ses occupations.

Jungsu, donc, travailla sur sa prochaine composition, quant à Minhwan il le quitta : il se rendit dans l'autre pièce pour lire tranquillement un roman trouvé sur le bureau de son hôte. Il attrapa également son portable pour profiter de YouTube si l'envie lui prenait.

Ce ne fut qu'après un rapide déjeuner partagé autour d'une émission télévisée que Minhwan acheva l'histoire qu'il avait commencée quelques heures plus tôt. Jungsu lui avait indiqué qu'il n'en avait plus pour très longtemps avant de terminer son travail – et son cadet espérait bien qu'il le laisserait écouter. De ce fait, le jeune homme opta pour YouTube.

En allumant son smartphone, il n'eut pas le temps, malheureusement, d'ouvrir l'application. Déjà, plusieurs SMS faisaient vibrer son appareil. Curieux, il les sélectionna.

Sa mère, son père. Son cœur se mit à palpiter, son corps à trembler convulsivement, et les larmes lui montèrent aux yeux tandis qu'il découvrait ce que ses proches lui adressaient. Aucune inquiétude ne se dégageait de leurs mots, aucun regret n'émanait de leurs messages. Rien d'autre qu'un détachement méprisant. Ils ne l'avaient jamais aimé pour ce qu'il était. Minhwan n'était jamais parvenu à s'attirer l'affection de ses parents… et même s'il le savait déjà, désormais le doute n'était plus permis.

Il était haï, regardé de haut, jugé. Ils n'attendaient qu'une chose : qu'il disparaisse une bonne fois pour toutes de leur vie.

Tout rejaillit dès lors dans le corps du pauvre jeune garçon. Ses blessures, si elles s'étaient refermées au contact de Jungsu, n'avaient pas encore cicatrisé. Il fallait beaucoup de temps pour ça, même des mois ne suffiraient pas.

Plus les minutes passaient, plus Minhwan tremblait. Impossible de s'en empêcher : c'était la panique, cette panique qui, à présent, lui nouait la gorge. Les premiers sanglots le firent hoqueter, par chance Jungsu ne risquait pas de l'entendre : son casque sur les oreilles, il était concentré sur sa musique.

Il lui sembla tout à coup avoir le souffle court : les liens de l'oppression qu'il avait subie ne lui serraient plus seulement la gorge, ils l'étouffaient. Minhwan se mit à haleter tandis que les larmes tissaient un voile sur ses prunelles. Horrifié, il éprouvait la sensation que le monde se dérobait peu à peu : l'air se raréfiait, il n'y voyait plus, et la panique l'avait saisi au point qu'il se révélait incapable de bouger.

Trop de souvenirs lui revenaient à la fois, trop de choses qu'il avait espéré oublier auprès de Jungsu. Qu'ils réapparaissent de manière si violente l'empêchait d'y opposer une quelconque résistance, il s'avérait beaucoup trop faible pour les combattre.

C'était justement parce qu'il ne trouvait plus la force de lutter qu'il avait préféré abandonner, et qu'il avait failli y laisser la vie.

Un sanglot plus bruyant que les autres lui échappa lorsqu'il parvint à retrouver son souffle. Effrayé à l'idée que cette fois, Jungsu l'avait probablement entendu, il essuya ses larmes d'un revers de la manche et se redressa aussitôt. Sans même prendre son portable, il enfila ses chaussures et quitta l'appartement, peu inquiet de claquer la porte derrière lui.

Il désirait demeurer seul. Il avait besoin de réfléchir, il avait besoin de pouvoir vider son cœur du surplus d'émotions provoqué par ces messages. Et il ne souhaitait pas que Jungsu assiste à cette crise de nerfs – cette crise de panique.

Il s'engagea dans les rues de Tokyo sans savoir où il se rendait. Il courait ; il ignorait pourquoi, mais il avait aussi besoin de courir. Peut-être pour se donner l'impression qu'il fuyait enfin toutes ces horreurs qui l'avaient suivi jusqu'ici.

Chapitre 20

Minhwan avait déambulé un long moment dans les rues. Il se sentait bien incapable d'évaluer le temps de son errance, et ça importait finalement peu. Il avait pleuré, il pleurait encore. Personne ne s'était retourné sur son passage, personne ne lui avait demandé ce qui le bouleversait à ce point. À croire que le monde avait décidé de fermer les yeux sur sa détresse.

Le cœur émietté, Minhwan releva le regard par réflexe quand les graviers remplacèrent le béton sous ses pieds. Il ne fut pas en mesure de contenir son émotion lorsqu'il s'aperçut qu'il s'était spontanément rendu dans le parc près de chez Jungsu. Lui qui avait pensé se perdre dans les rues de Tokyo, son esprit l'avait naturellement dirigé ici... alors même qu'il n'était venu qu'une fois. Sans doute avait-il inconsciemment reconnu le chemin à emprunter pour gagner ce petit paradis.

Et pourtant... sans Jungsu, ce parc n'avait rien d'un paradis. Il lui semblait morne, ennuyeux – effrayant, même, d'une certaine manière. Il ne serait pas étonné de voir apparaître un soudain amoncellement de nuages que suivrait une pluie diluvienne. Ça conviendrait beaucoup mieux à son humeur que ce soleil magnifique qui baignait l'endroit.

Mécaniquement, Minhwan se rendit à la berge, au bord du petit coin d'eau qui leur avait appartenu, la veille, pendant un si doux moment. Comment s'en sortir ? Comment s'échapper de la spirale infernale dans laquelle le jeune garçon se sentait attiré inexorablement ? L'enfer de l'existence était le regard des autres. Il l'avait lu dans un livre, et il avait toujours approuvé.

Les poches et le cœur vide, il s'assit sur l'herbe chaude malgré son âme glacée. Le dégel oserait-il se montrer un jour ? Le froid terrifiant et l'ombre de ses proches planaient autour de lui, prédateurs de malheur, et insidieusement ils avaient préparé sa chute dans l'abîme – comme ils s'en délectaient !

Des nausées lui firent tourner, tourner, tourner la tête. Et tout tournait, tournait, tournait autour de lui. Alourdis par une pesante langueur, ses membres ne répondaient plus. Minhwan s'abandonna, tomba agenouillé sur le sol. Il se sentait lourd, lourd, lourd, et tout tournait, tournait, tournait. Le crâne entre les mains, la respiration haletante, il avait fermé les paupières par réflexe, fermé les paupières par peur de ce qui l'entourait, fermé les paupières par peur de ce qu'il voyait sans que ça existe. Parce qu'il les voyait, eux, ces regards méprisants, ces faux sourires qui dissimulaient mal la honte et la haine. Et ces regards, et ces sourires, ils tournaient, tournaient, tournaient autour de lui. Une prison retenait le pauvre innocent, et Minhwan ignorait comment quitter cette geôle.

Assis, les bras enroulés autour de ses genoux eux-mêmes ramenés contre son torse, Minhwan tentait d'oublier l'obscurité dans laquelle ses yeux clos le plongeaient. Il sanglotait bruyamment ; de toute façon, personne ne viendrait lui parler, alors à quoi bon se montrer discret ? Jungsu lui apparaissait comme le seul être humain à lui accorder de l'attention, à se soucier réellement de lui. Personne d'autre ne s'inquiétait de ce qui pouvait bien lui arriver.

Est-ce que Jungsu s'inquiétait, d'ailleurs ?

Est-ce qu'il avait au moins remarqué que son cadet avait fui ?

Un instant, le jeune garçon s'en voulut : Jungsu n'avait pas besoin de ça. Il travaillait beaucoup, il s'occupait de bien des choses à la fois, et Minhwan se sentait comme un véritable boulet. Son mal-être n'en devint que plus insupportable encore. Pourquoi fallait-il qu'il gêne tous ceux qui entraient dans sa vie ? Jungsu lui paraissait si inaccessible, si détaché. Est-ce qu'il se moquait de lui ou bien est-ce qu'il ne désirait tout simplement pas montrer qu'il l'aimait bien ? Le cadet avait voulu croire à ça, il avait voulu croire que son ami se rapprochait de lui jour après jour. Or, au plus profond de sa mélancolie, tout lui semblait si noir qu'il remettait chacune de ses impressions en question.

Il se sentait si minable qu'à ses yeux, rien d'étonnant à ce que le monde le considère également comme un minable. Jungsu aussi devait le regarder de cette façon. Il l'avait vu pleurer de si nombreuses fois, il l'avait vu supplier pour une lampe, il l'avait vu admettre ses troubles alimentaires… Il l'avait vu si faible ; et pourtant il l'avait accepté, encouragé, soutenu. Alors pourquoi Minhwan s'était-il convaincu que son ami ne pouvait pas le supporter ?

Dans ces moments où la panique prenait possession de son corps et de ses émotions, l'étudiant n'était rien de plus qu'une marionnette. Une. Misérable. Marionnette. Des fils qui le faisaient danser. En rythme : un, deux, trois, quatre. Il se balançait. Des fils qui le contrôlaient. Cours, cours le plus loin possible. Baisse la tête. Des fils contre lesquels il ne pouvait lutter. Misérable marionnette. Une expression figée, un faux sourire.

Il était l'instrument de la peur, elle l'envahissait et lui murmurait mille choses atroces auxquelles il ne parvenait pas à réfléchir. Il s'abandonnait, elle le possédait, et sa confiance en lui succombait tandis qu'il s'écroulait sous le poids de cet invisible fardeau.

Le monde autour de lui avait perdu sa consistance, Minhwan ne cessait pas de trembler, comme pris de convulsions. Au plus profond de sa détresse, il entendit pourtant les pas précipités qui se rapprochaient. Il ne trouva pas la force de bouger, il demeura immobile.

Brutalement, il fut tiré en arrière. Sa respiration se bloqua, il s'effondra sur l'herbe, désormais allongé sur le dos. Il poussa un gémissement de douleur alors que déjà deux mains puissantes plaquaient ses épaules au sol tandis qu'un poids s'installait sur ses cuisses.

« Mais tu vas pas bien ! hurla Jungsu. Bordel, qu'est-ce qui t'a pris, Minhwan ! »

Incapable de répondre, le jeune garçon observait son aîné. Son visage, surtout. Il n'avait encore jamais vu Jungsu en colère…

Et il ne l'avait jamais vu pleurer, non plus.

Le teint habituellement pâle de Jungsu avait viré à un rouge causé par les larmes qui glissaient sur ses joues et par l'effort : le compositeur haletait, visiblement épuisé – il avait sans doute couru pour le retrouver.

Minhwan grimaça : la pression que son ami effectuait sur ses clavicules devenait de plus en plus douloureuse. Il n'osa pourtant rien dire, et en toute honnêteté, la peine lui serrait toujours la gorge au point qu'il lui était impossible de prononcer le moindre mot.

Jungsu n'écarta une de ses mains que pour balayer ses pleurs d'un geste rageur. Son regard planté dans celui de son cadet donnait à ce dernier la sensation qu'il lui intimait le silence. Le compositeur n'attendit que quelques secondes avant de hurler, la voix tremblante de colère.

« Qu'est-ce qui t'a pris ! C'est à cause de ces messages à la con que t'as reçus ? C'est ça, hein ! Merde, Minhwan, t'imagines à quel point tu m'as fait peur ! J'ai cru que j'allais te retrouver sous un camion, au fond d'un cours d'eau, ou en bas d'une falaise ! Et si ça avait été le cas, j'aurais fait quoi, moi ! Qu'est-ce que je serais devenu ! Que tu le veuilles ou non, toi et moi on est liés, maintenant ! Si tu crèves, je crève aussi ! J'ai jamais eu autant envie d'en finir que quand j'ai commencé à me dire que je te retrouverai pas ! T'as pas le droit de me demander de te sauver sans accepter d'essayer de me sauver en retour ! T'as pas le droit de me lâcher comme ça ! Tu te rends compte, de ça ? Tu peux comprendre que même si je le montre pas, j'ai désespérément besoin de toi ! J'ai... j'ai besoin de toi... »

Et alors que jusque-là il hurlait, Jungsu se laissa submerger par la peine endurée ces dernières minutes et le soulagement qu'il ressentait désormais. Les larmes coulèrent abondamment de son regard sombre, rapidement imitées par celle de Minhwan : jamais il n'avait entendu pareille déclaration.

Peu importait la douleur dans ses épaules, son cœur brûlait d'une joie incommensurable... tout simplement parce que Jungsu venait de lui avouer que le lien que son cadet avait senti se tisser entre eux s'avérait bien réel. L'attachement qu'il éprouvait se révélait réciproque, et il s'agissait là sans doute de la plus belle chose qu'il puisse espérer.

« Je suis désolé, » murmura-t-il finalement d'une voix affaiblie.

Jungsu ne répondit pas. La tête baissée, il permettait à ses larmes trop longtemps retenues de couler enfin. Il se laissa doucement tomber vers l'avant. Ainsi, installé sur les cuisses de son ami, les mains toujours sur ses clavicules – mais désormais crispées en forme de poings –, il posa le front contre le haut de son torse.

« J'ai jamais eu aussi peur de perdre quelqu'un, sanglota Jungsu. Je savais pas que ça pouvait faire aussi mal... »

Sa voix tremblait, rendue vibrante de détresse par de lourds trémolos. Minhwan hésita avant d'oser glisser les doigts dans ses cheveux pour les lui caresser.

« Je me contrôlais pas, souffla-t-il. Pardonne-moi. »

Il passa sa paume libre dans le dos de Jungsu et, malgré la gêne qu'il aurait dû éprouver à ce geste, il le serra avec tendresse sans s'inquiéter du potentiel regard des silhouettes qui se promenaient par moment ici. Il finit par s'assoir, emportant Jungsu dans son mouvement, qui se retrouva installé sur ses cuisses et décida d'enrouler les bras autour de sa nuque, le visage désormais contre son cou.

« Refais plus jamais ça, Minhwan…

— Je te le promets. »

Jungsu s'écarta de lui sans pour autant quitter son étreinte. Face à face, si proches, ils échangèrent un regard… un regard qui sembla étouffant pour Minhwan. Il déglutit, envoûté par tout ce qui se dégageait des prunelles humides de son aîné. Ce dernier posa une main sur sa joue, garda l'autre dans sa nuque, et s'avança lentement.

Le cœur de Minhwan s'emballa.

« S'il te plaît, susurra Jungsu, je peux ?

— Vas-y… »

Même si ces mots demeurèrent des murmures étranglés par l'émotion, Jungsu les entendit. Un très léger sourire lui fendit les lèvres… lèvres qu'il appuya, au terme de longues et intenses secondes, sur celles du garçon qu'il aimait.

Chapitre 21

Jungsu avait couru. Il s'était époumoné. Il avait entendu Minhwan partir. Or Minhwan n'avait rien dit avant de s'en aller. C'était bizarre. Alors Jungsu avait trouvé son portable sur le canapé. Minhwan ne l'avait même pas verrouillé. Jungsu n'avait pas l'intention d'y fouiller. L'écran était simplement encore allumé. Et il laissait apparaître des messages. Des messages que Jungsu considérait comme dégueulasses de la part des proches de son ami. Aussitôt, il avait craint le pire. Minhwan en était capable. Dans un instant de profonde détresse, il était capable de tout.

Jungsu s'était senti démuni. Pour la première fois depuis bien longtemps. Il ne savait pas quoi faire. Où chercher Minhwan ? Minhwan ne connaissait pas Tokyo. Il était peut-être déjà perdu. Jungsu non plus, d'ailleurs, ne connaissait pas Tokyo. Comment allait-il le retrouver ?

Jungsu avait eu peur. Tellement peur. Il imaginait déjà son ami les yeux clos. Étendu. Incapable de rouvrir les paupières. Incapable de respirer. Et puis il avait eu un genre d'illumination. Le parc. C'était le seul endroit que Minhwan connaissait. S'il était encore en vie, il était au parc. Il s'y dirigerait par réflexe. Parce qu'il ne connaissait que cet endroit. Et parce qu'il aimait cet endroit. Parce qu'ils y avaient partagé de si beaux moments. Il y était forcément attaché. Il y retournerait probablement. Consciemment ou non. Parce qu'il avait besoin d'un endroit qui le rassure.

Jungsu avait foncé au parc, il avait couru ; pour lui qui détestait courir, ça avait ressemblé à un long calvaire interminable qui lui volait la moindre particule d'air dont se constituait son souffle, qui lui brûlait la gorge – et pourtant, son cœur brûlait d'une manière bien plus douloureuse à imaginer Minhwan, peut-être mort à son arrivée –, pourtant il avait continué, continué, et il avait couru, couru, sans s'arrêter, jusqu'à s'époumoner, jusqu'à ce que sa respiration soit rendue si difficile que chaque sanglot lui donnait l'impression de cracher ses tripes entières sur le trottoir, jusqu'à ce que ses jambes commencent à lui faire mal tant il les sollicitait, lui qui habituellement se contentait de minuscules trajets entre sa chambre et sa cuisine – aucune importance, il fallait qu'il retrouve Minhwan à tout prix.

Il était arrivé au parc, haletant. Et il avait trouvé Minhwan. Ouf. Il était dans leur petit coin. Il pleurait. Il était recroquevillé sur lui-même. Et l'émotion avait submergé Jungsu. La peur, la détresse, le soulagement, aussi, et une infime colère. Mais ce n'était pas à cause d'elle qu'il avait hurlé sur Minhwan. Il n'était pas en colère contre Minhwan. Seulement contre ses proches. Mais pas contre Minhwan. S'il avait crié et agi si brutalement, c'était parce qu'il avait eu peur. Il ne pouvait pas s'en empêcher. Il fallait qu'il hurle. Parce que quand il courait, il n'avait pas le souffle pour hurler. Il en avait besoin, de hurler. Ça lui donnait l'impression de libérer ses émotions.

Pour une fois, il avait eu besoin de les libérer, ses émotions. C'était rare. Habituellement, il n'était même pas sûr d'en ressentir. Là, il avait fallu qu'il les laisse jaillir. Il avait pleuré. Beaucoup. Plus que quand il s'était égratigné le genou, quand il avait quatre ans. Et sa mère lui avait dit qu'il avait beaucoup pleuré, ce jour-là. Mais Jungsu était certain d'avoir encore plus pleuré pour Minhwan. Ça avait été long. Ou bien le temps était vraiment passé lentement. Il ne savait pas trop. Il avait eu tellement peur qu'une minute avait ressemblé à une heure. Quand il le cherchait... une éternité semblait être passée. Oui, il avait vraiment eu peur. Il ne savait pas trop comment le dire autrement. Son cœur lui avait fait si mal...

Alors il ne s'était pas contrôlé. Pour une fois, il avait laissé ses émotions parler. Parce qu'il ressentait. Il ressentait beaucoup de choses bizarres avec Minhwan. Mais il avait compris. Il avait compris qu'il l'aimait. La peur avait révélé l'amour.

Jungsu lui avait demandé s'il pouvait... Minhwan avait acquiescé.

Désormais, donc, ils s'embrassaient. Ils s'embrassaient de manière si douce. C'était pur. Ça faisait bien longtemps que Jungsu n'avait plus senti cette chaleur. Celle de lèvres posées sur les siennes. Qu'est-ce qu'il aimait ça. Les lèvres de Minhwan étaient douces. Vraiment très douces. Un peu humides, aussi. Ses larmes.

Jungsu le serra un peu plus fort. Minhwan gémit entre leurs lèvres. Il avait posé les mains dans le creux de ses reins. Il semblait hésiter. Son toucher était si aérien. Jungsu le sentait à peine. Il trouvait ça mignon. Minhwan était timide.

~~~

Le pauvre étudiant ignorait parfaitement comment se comporter : il s'agissait là de son premier baiser… et quel baiser ! Peu importait le goût de leurs larmes, ce contact se révélait d'une tendresse inouïe. Il s'y perdrait volontiers pour l'éternité, si seulement il pouvait la passer auprès de Jungsu.

Les paupières closes, il bougeait à peine sa bouche délicate contre celle, plus téméraire, de son aîné. Ce dernier, en effet, l'embrassait d'une manière particulièrement affectueuse alors même que tout demeurait chaste.

Finalement, Minhwan remonta doucement ses mains timorées, caressant alors le dos de Jungsu par-dessus son t-shirt. Lorsqu'un bref sanglot secoua le corps du plus jeune, le baiser fut interrompu un court instant pour redémarrer aussitôt, plus émouvant encore que le premier. L'étudiant pouvait ressentir à travers ce geste tout le désespoir, toute la détresse, tous les sentiments éprouvés par Jungsu.

Peu à peu, leurs lèvres s'agitèrent, désirèrent se découvrir plus ardemment. Malgré leur timidité, les deux garçons laissèrent leur langue parler. Le contact devint lascif, s'y mêlèrent des soupirs qui remplacèrent les pleurs. Jungsu prit le visage de son ami en coupe pour appuyer ce délicieux baiser qui faisait naître au creux du ventre de son cadet une myriade de papillons déchaînés.

Il sembla alors au plus jeune qu'il lui fallait absolument toucher celui qu'il aimait. Il lui fallait pouvoir apprécier sa peau contre la sienne, c'en paraissait vital. Il ne se posa pas la moindre question : il passa les doigts sous le t-shirt de Jungsu qu'il sentit frissonner aussitôt. Son épiderme… quelle chaleur, quelle douceur ; c'était si agréable. Et sa langue, elle roulait avec la sienne d'une manière enchanteresse. Impossible de ne pas se laisser porter par ces sensations spectaculaires. Minhwan brûlait de désir en même temps qu'il éprouvait le besoin désespéré d'être consolé.

Et Jungsu le consolait. Il le consolait si bien, d'une façon si affectueuse, si passionnée.

Ils s'embrassèrent et s'enlacèrent de longues minutes durant. Leurs yeux avaient tant pleuré qu'ils souhaitaient simplement les garder clos, de sorte qu'ils sentent plus parfaitement encore chaque contact physique. Jungsu incita son cadet à s'allonger de nouveau et, toujours assis sur son bassin, il put s'allonger avec douceur sur lui qui le sécurisa aussitôt entre ses bras. Minhwan le protégeait autant que lui le protégeait. Ils étaient liés, plus aucun doute n'était permis.

Enfin, tandis que les langues humides et téméraires cessaient leurs danses endiablées, Jungsu s'écarta juste assez de l'étudiant pour murmurer tout contre sa bouche un « je t'aime, Minhwan, tu veux bien sortir avec moi ? » qui bouleversa le jeune garçon. Ce dernier sentit sa gorge se nouer... mais c'était un nœud de bonheur qui l'empêchait de parler, un bonheur d'une intensité telle qu'il lui volait ses mots.

Ce fut alors son regard qui s'exprima pour lui. Ses prunelles se fendirent, son visage changea pour dévoiler toute sa joie, et il acquiesça avec un sourire avant de se redresser suffisamment pour capturer encore les lèvres de celui qu'il pouvait désormais considérer comme son petit ami. De nouvelles larmes coulèrent, mais elles non plus n'étaient plus motivées par la peine, seulement par l'euphorie de cet incroyable moment.

Un garçon lui avouait l'aimer. Un garçon merveilleux. Un garçon dont lui-même était tombé amoureux. Ses sentiments s'avéraient réciproques... jamais il n'y aurait cru. Il s'était convaincu d'être condamné à une éternelle solitude semée d'errances et de tourments en tous genres. Or, Jungsu existait. Leurs deux errances les avaient finalement fait déboucher sur le même chemin. Ils s'étaient croisés, ils s'étaient parlé, ils s'étaient soutenus, et désormais ils s'aimaient. Oui, ils s'aimaient...

Après ce baiser qui lui avait servi de réponse, Minhwan enroula les bras autour de la nuque de son copain pour l'enjoindre à demeurer au plus près de lui. La tendresse qui émanait de ce contact émut profondément les deux garçons qui se redressèrent et s'écartèrent pour s'asseoir face à face. Ils échangèrent un sourire timide et l'aîné prit la parole : « Alors... c'est vrai ? Ça te plairait qu'on sorte ensemble ? hésita-t-il.

— Ouais, j'adorerais, opina Minhwan qui observait ses mains de peur de ne pas parvenir à soutenir le regard de son ami – son petit ami.

— Ouah... j'aurais jamais imaginé que ça se passe comme ça... C'est dingue.

— Tu m'étonnes, pouffa à son tour son cadet. On s'est rencontré alors qu'on voulait en finir... mais maintenant, je me dis que j'ai jamais eu à ce point envie de vivre. Enfin... j-je veux dire... je sais que c'est tôt, qu'on se connaît depuis peu... mais... je sais pas. Je t'aime vraiment. »

C'était la première fois que Minhwan disait « je t'aime » à Jungsu. Ça lui parut étrange, en dépit de quoi il adora prononcer ces mots – et plus encore les prononcer sans avoir à craindre que ses sentiments se révèlent à sens unique.

Jungsu ne répondit pas, son regard s'en chargea pour lui. Il hurlait « je t'aime ».

Chapitre 22

Jungsu avait proposé qu'ils rentrent chez lui et Minhwan, soulagé, avait acquiescé. Ils se dirigeaient à présent d'un pas tranquille dans les rues de la capitale japonaise, l'un à côté de l'autre, chacun muré dans le silence. Ce n'était pas particulièrement désagréable, l'étudiant avait conscience qu'il leur fallait réfléchir au sujet de ce qui venait de se passer.

Lui, surtout, devait réfléchir au sujet de sa réaction à ces messages. Il ne pouvait plus laisser à sa famille un tel pouvoir sur ses émotions, ça devenait dangereux pour lui – et, de ce fait, pour Jungsu également. Parvenir à se défaire complètement de l'emprise qu'ils exerçaient encore sur lui allait s'avérer long et complexe, mais… au fond de lui, il était convaincu qu'avec son petit ami à ses côtés, il suffirait de temps et d'efforts pour y arriver. Il pouvait se détacher d'eux, définitivement.

Une fois chez l'aîné, les deux garçons retirèrent leurs chaussures avant d'échanger un regard. À présent seuls, ils pouvaient parler, mais pour dire quoi ? Ils se tenaient toujours dans l'entrée, avec l'impression d'être deux idiots incapables d'engager la conversation. Minhwan releva les yeux en entendant Jungsu inspirer profondément.

« Minhwan, est-ce que... tu voudrais bien qu'on en discute ?

— Discuter de quoi ? osa timidement son cadet.

— De tes proches.

— Oh...

— Viens. »

Il lui attrapa la main avec une telle délicatesse que l'autre le suivit sans résister. L'aîné l'amena au salon. Minhwan frémit en apercevant son portable sur le canapé, là où il l'avait laissé. Jungsu le lâcha pour aller prendre l'appareil. Debout au milieu de la petite pièce, son compagnon l'observait d'un air inquisiteur.

« C'est bien à cause de ça, hein ? demanda Jungsu en désignant le téléphone. C'est à cause de ces messages que t'as craqué. »

Minhwan opina, presque honteux d'admettre à quel point sa famille le rendait faible. Il s'en voulait, alors même qu'il avait bien conscience qu'il n'y pouvait rien. Il avait si longtemps subi des sévices psychologiques qu'il ne réussirait pas si aisément à reprendre le contrôle de ses émotions ou de sa vie.

« J'aimerais qu'ils ne soient plus capables de te faire du mal, souffla Jungsu. Est-ce que tu me fais confiance ?

— Oui, pourquoi ?

— Qui que soit la personne qui te fait du mal, tu dois la laisser derrière toi. Même si un jour, c'est moi cette personne. Vis ta vie, vis pour toi-même.

— Je comprends pas, qu'est-ce que... hyung ! »

Trop tard : Jungsu venait de faire volte-face et, sans la moindre trace d'hésitation, il avait projeté le portable de son cadet contre le mur. L'appareil vola en éclats, si bien que les garçons détournèrent les yeux en levant les mains devant leur visage, de crainte de recevoir un débris.

Ébahi, Minhwan redirigea aussitôt son regard sur le sol pour y découvrir tous les morceaux de son smartphone.

« Hyung, balbutia-t-il, t-tu…

— Désolé, Minhwan. Avant de partir, en voyant les messages que t'avais reçus, ça m'a tellement foutu en colère… mais j'ai vu que t'avais aucune photo dans ton téléphone, et presque aucune application. Alors si ton portable te sert uniquement à recevoir les insultes de tes parents… autant que tu t'en débarrasses. Un geste fort pour les oublier.

— Oui, murmura le plus jeune sans quitter des yeux les restes de son portable, c'était un portable que mes parents m'avaient acheté quelques semaines avant mon départ. J'avais cassé le mien… un soir, quand ça allait pas fort. »

Il leva finalement le regard vers Jungsu qui les découvrit humides alors même qu'ils exprimaient une profonde reconnaissance.

« Merci beaucoup, reprit-il avec émotion, merci d'avoir fait ce que j'osais pas.

— Tu mérites tout le bonheur du monde. »

Sur ces mots, l'aîné esquissa un pas vers son copain de qui il enlaça tendrement le cou pour l'étreindre. Minhwan sourit, enroula à son tour les bras autour de lui, et ferma les paupières pour profiter au mieux de l'affection de celui qu'il aimait. Son cœur palpitait si fort, jamais un sentiment positif ne lui avait paru si vif. Voir Jungsu fracasser son téléphone avait remué quelque chose en lui, avait provoqué une prise de conscience déterminante : sa famille n'avait plus aucun rôle à jouer dans sa vie. S'il voulait connaître le bonheur, il devait remplacer leur présence toxique par celle, bienveillante, de son petit ami.

Il pouvait se fier à lui.

~~~

« S'il te plaît, murmura Minhwan, embrasse-moi.
— Viens là... »
Jungsu s'écarta de lui. Il s'installa sur le canapé. Il tenait toujours la main de Minhwan. Il lui signifia de sa main libre de s'asseoir sur ses cuisses. Minhwan rougit. Jungsu en fut amusé. Il rougissait souvent pour un rien. Ça faisait son charme. Pourtant, il obéit. Il se positionna timidement. Il déglutit. Jungsu tentait de lui exprimer d'un regard tout ce qu'il éprouvait. Il détaillait son visage avec des yeux débordants d'affection. Parce que son cœur débordait d'affection. Il s'était vraiment attaché à Minhwan. Il l'aimait. Il avait eu si peur de le perdre. Hors de question de le laisser filer. Plus jamais.

Jungsu prit son visage en coupe. Il n'agit pas immédiatement. Il ne voulait pas le brusquer. D'abord, il lui caressa les pommettes. Il avait la peau toute douce. Puis il approcha son visage du sien. Minhwan battit des paupières. Il avait dans les prunelles l'éclat de l'innocence. C'était touchant. Jungsu se contenta de poser le bout de son nez contre le sien. Bisou esquimau. Ça fit sourire Minhwan. Il laissa même échapper un éclat de rire. Jungsu aimait l'entendre rire. Mission accomplie. Minhwan était détendu. Il rayonnait.

« Hyung, arrête de faire l'idiot, » dit-il tout bas.

De l'amusement teintait sa voix. Jungsu aussi était de bonne humeur.

« T'as à ce point envie de m'embrasser ? demanda-t-il.

— Possible... »

Jungsu fut agréablement surpris. C'était rare de ne pas voir Minhwan rougir. Surtout qu'ils parlaient de s'embrasser. Il aurait cru que Minhwan s'empourprerait. Il aurait sûrement encore trouvé ça mignon. Il avait envie de le voir rougir.

Sans ciller, Jungsu opina. Il attira le visage de son cadet à lui. Il l'embrassa. Ses lèvres sur les siennes. Elles se caressaient. C'était tout doux. Comme la peau de Minhwan. Ses lèvres aussi, elles étaient douces. Jungsu adorait laisser traîner les siennes dessus. Or, il désirait autre chose. Il voulait les goûter. Les goûter vraiment. Profiter de leur aspect pulpeux. Les découvrir encore.

Jungsu prit sa lèvre inférieure entre les dents. Minhwan couina. Il n'avait pas mal. Au contraire, ça se sentait qu'il adorait ça. Il adorait que Jungsu s'empare ainsi de sa bouche. Jungsu passa la langue sur sa lèvre qu'il maintenait prisonnière. Il trouvait ça aussi doux qu'excitant. Il adorait cajoler sa bouche. Un peu humide. Toute chaude. C'était dingue. Le bout de sa langue se contentait de frôler sa lèvre. Minhwan ne respirait plus, il haletait. Il avait posé les mains sur les épaules de Jungsu. Il les serrait entre ses doigts. Lui aussi, ça semblait l'exciter.

Minhwan sortit timidement le bout de sa langue. À son tour, il le passa sur la bouche de Jungsu. Il traça ses lèvres. Il en apprécia le moindre relief. Indescriptible. Tout simplement indescriptible. Il se contentait de l'effleurer. Pourtant Jungsu avait l'impression que le moindre nerf sous la peau de ses lèvres s'affolait. Bizarre. Comment la tendresse pouvait-elle provoquer un tel brasier ? Parce que c'était bel et bien un brasier. Oui, il brûlait. Sa respiration tremblait. Il était complètement hypnotisé par Minhwan.

« Putain, murmura Minhwan, c'est… j'adore.

— Moi aussi.

— Continue de m'embrasser comme ça, pitié…

— Avec plaisir. »

Le baiser reprit. Parfois, leur langue croisait la route de l'autre. Hum, c'était vraiment bon… Cette délicatesse…

Après de longues et intenses secondes, Jungsu ne se retint plus. Il plongea sa langue dans la bouche de

Minhwan. Minhwan fut surpris mais ravi. Il lui rendit son baiser avec plaisir. Cette fois, leurs deux langues agissaient de manière beaucoup plus brutale. On les croirait se battre. C'était comme si les deux garçons cherchaient à asseoir une quelconque domination l'un sur l'autre. Brutal. Mais exquis. L'excitation était trop grande. Impossible de se retenir. Tout devait sortir. Jaillir. Alors c'était brutal. Sauvage. Presque animal. L'instinct, pas la réflexion.

Et ils adoraient ça. Autant l'un que l'autre.

De la salive couvrait une partie de leurs lèvres. Un peu leur menton, aussi. C'était... sale. Mais dingue quand même. C'était moins sale que c'était bon. Alors ça valait le coup. Jungsu, en tout cas, il trouvait que ça valait le coup. Oh ça oui.

Il ne s'écarta de Minhwan qu'après de longues minutes. L'excitation grandissait trop. C'était pourtant de simples baisers. Tantôt surfaciques tantôt passionnés. Impossible de se contrôler. Jungsu n'avait embrassé personne depuis bien longtemps. Alors il était sensible. Son corps était sensible. Ça gênerait Minhwan. Jungsu ne voulait pas le gêner. Juste l'embarrasser un peu pour qu'il rougisse. Mais il ne voulait pas qu'il se sente mal à l'aise. Il l'aimait vraiment. Il voulait prendre son temps.

Parce que les sept jours qu'ils s'étaient donnés n'existaient plus. Plus à ses yeux. Plus maintenant.

Ils avaient du temps. Du temps pour s'aimer.

Chapitre 23

Minhwan et Jungsu avaient passé le reste de la journée ensemble, à s'aimer chastement. Ils avaient profité d'un après-midi enlacés, à regarder tout et n'importe quoi à la télévision. Le programme importait peu, finalement, car tout ce qui comptait à leurs yeux, c'était d'être allongés tous les deux. Quel bonheur pour l'étudiant qui redécouvrait – ou bien découvrait – ce que représentait l'affection, la vraie, celle prodiguée par un cœur sincère.

Le soir, les deux garçons s'étaient couchés ensemble, dans les bras l'un de l'autre. Leur nuit s'avéra si paisible qu'en cette matinée tranquille, ils peinaient à croire que le soleil était déjà haut : aucun cauchemar, aucune terreur nocturne, aucune insomnie. Ils s'étaient reposés… comme un couple normal formé par de jeunes gens normaux.

Cinq jours seulement qu'ils s'étaient rencontrés…

« Je veux pas me lever, marmonna Minhwan.

— Comme hier…

— Non, ce matin c'est pire.

— Encore fatigué ?

— Non, ça va… mais j'ai tellement pas envie de quitter tes bras. Je veux des câlins… »

Étalé sur son aîné, Minhwan accrocha ses doigts à son t-shirt pour lui signifier qu'il ne comptait pas s'écarter d'un millimètre. Jungsu laissa échapper un souffle amusé avant de lui caresser amoureusement les cheveux d'une main, le dos de l'autre.

Il avait dû remarquer comme son cadet aimait qu'il le lui effleure, car il ne cessait plus, depuis la veille au soir, de le cajoler ainsi. Et effectivement, Minhwan adorait ça. Sa peau se couvrait aussitôt d'agréables frissons et il lui semblait voguer sur un nuage de douceur. Les jambes de part et d'autre du bassin de son aîné, il se prélassait en profitant du contact de son corps brûlant contre le sien.

Parce qu'il désirait lui retourner ces tendres caresses, l'étudiant se redressa juste assez pour planter son regard dans celui de Jungsu, avant d'aller trouver ses lèvres. Le baiser demeura aussi délicat que leurs gestes. Leurs deux cœurs palpitaient tranquillement, en rythme, et la simplicité du moment ne le rendait que plus délectable : ces marques d'affection, c'était un petit rien alors même que ça signifiait tout. Ils pouvaient s'en offrir tous les jours, et de cette manière ils pouvaient combler tous les jours leur âme d'un bien-être qui leur semblait éternel – la fougue de la jeunesse.

Minhwan se sentit ému de raisonner ainsi, car ces pensées, si naïves soient-elles, traduisaient quelque chose de bien plus puissant : elles prouvaient que le compositeur lui permettait de retrouver le goût de la vie et, plus encore, l'espoir en l'avenir. Il savait que Jungsu n'approuverait pas que son compagnon fasse dépendre son bonheur de lui, mais… il faudrait du temps pour que Minhwan regagne sa confiance en lui. Pour lors, il se fiait à Jungsu, il voulait croire en lui, et il ne doutait pas qu'à terme, son influence si bénéfique l'aiderait à se rétablir.

L'aîné lui avait démontré à plus d'une reprise qu'il poussait souvent la réflexion plus loin que ce qu'il semblait, et son cadet aimait à l'écouter parler, le conseiller, etc.

« T'es mignon, lui susurra Jungsu en lui embrassant la joue. J'ai envie de te croquer. »

Minhwan gloussa et trouva finalement la force de se redresser. Il offrit un regard affectueux à son copain à qui il tendit la main. Le compositeur s'en saisit avant de s'asseoir à son tour, une étincelle malicieuse dans les prunelles. L'autre mit ça sur le compte du moment qu'ils avaient passé, si bien qu'il fut plus que surpris lorsque son compagnon les bascula de sorte à se retrouver agenouillé sur son bassin. Jungsu le dominait désormais et, l'air rieur, il emprisonna d'une main ferme les poignets de son cadet au-dessus de sa tête.

Étendu sur le matelas, les bras incapables de bouger, son petit ami au-dessus de lui, Minhwan laissa sur son visage se répandre non pas l'amusement ou le désir, comme Jungsu l'aurait cru, mais la crainte. Les battements de son cœur s'accélérèrent, il lui sembla que sa respiration lui échappait, et ses yeux piquèrent subitement au point qu'il sentit les larmes monter.

~~~

Jungsu fronça les sourcils. Minhwan n'avait pas du tout l'air de s'amuser. Vraiment pas. Il s'écarta aussitôt qu'il vit son regard s'humidifier. Malheureusement, ça ne sembla pas suffire. Minhwan resta dans sa position. Il était incapable de bouger. Pourtant ses poignets étaient libres. Mais il ne bougeait pas.

Il se mit à haleter. Les larmes coulaient. Un sanglot secoua son corps. Tout se produisit si vite. Jungsu venait à peine de s'écarter. Déjà Minhwan paraissait envahi par la panique.

« Eh, Minhwan-ah[3] ? Minhwan-ah ? »

Sa voix trahissait son inquiétude. Minhwan ne répondait pas. Pourquoi est-ce qu'il ne répondait pas ? Il avait l'air d'avoir du mal à respirer. Est-ce qu'il allait bien ? Non bien sûr, quelle question stupide. Pourquoi une telle réaction ? Est-ce que Jungsu y était pour quelque chose ?

Il posa la main sur l'épaule de son copain. Minhwan la lui repoussa violemment. Son regard était... étrange. Il regardait vers Jungsu... mais il ne regardait pas Jungsu. Jungsu connaissait ce regard. Minhwan regardait le passé. Il voyait ses souvenirs.

Jungsu réagit immédiatement.

---

[3] *Particule coréenne qui exprime l'affection.*

« Minhwan, c'est moi, dit-il avec aplomb en lui attrapant les épaules. C'est Jungsu, Minhwan, tu m'entends ? Je t'aime, je suis là. »

Sans attendre, il enroula les bras autour de son corps. Il l'obligea à s'asseoir. Les bras de Minhwan retombèrent mollement. Jungsu l'enlaça sans attendre. Il plaqua son corps fragile contre le sien, tout aussi fragile. Ils étaient deux âmes brisées. Deux âmes qui tentaient de se reconstruire ensemble. C'était loin d'être facile. Minhwan était détruit. Jungsu aussi, à sa manière. Difficile d'être un soutien de taille pour son copain. Sa vie elle-même, il ne la soutenait pas correctement. Alors celle d'un autre…

Ce n'était heureusement pas la volonté qui manquait. Minhwan le faisait sourire. Il l'aimait sincèrement. Sa compagnie lui permettait de penser à autre chose qu'à l'ennui. Alors il s'était donné pour mission de l'aider à son tour. C'était donnant-donnant.

« Chut, murmura Jungsu, du calme. Calme-toi, Minhwan-ah, je suis là. Tout va bien, c'est juste moi. »

Minhwan tremblait. C'était à cause de ses sanglots. Il pleurait. Ça devait être incontrôlable. Il ne réussissait pas à se calmer. Jungsu l'obligea à lover la tête contre son cou. Il lui fit enrouler les jambes autour de son bassin. Puis il se leva. Minhwan s'accrocha à lui. Ça ressemblait à un réflexe. Parce qu'il ne parlait toujours pas. Il n'était toujours pas connecté à la réalité. Il agissait par pur instinct.

Jungsu l'amena à la salle de bains. Il ne se formalisa pas de leurs vêtements. Il se plaça directement sous la douche. Puis il alluma. De l'eau glacée coula vivement. Minhwan poussa un glapissement surpris. Son étreinte se resserra aussitôt autour de la nuque de Jungsu. Il toussa.

« S-Stop, » dit-il faiblement.

Jungsu coupa l'eau.

« Désolé, lui dit-il. T'étais complètement ailleurs. Je savais pas comment te réveiller.

— Merci. »

Sa voix craqua. De nouveau il pleura. Jungsu s'agenouilla. C'était plus confortable, ainsi, pour serrer Minhwan contre lui. Il n'osait pas lui demander s'il allait bien. Il n'osait pas lui demander ce qui s'était passé. Il savait, en revanche, que ce n'était pas de sa faute. Son geste avait déclenché en Minhwan des souvenirs douloureux. Il n'y pouvait rien. Il ne connaissait pas grand-chose du passé de son copain. Il n'aurait jamais agi de cette manière, sinon.

« Ça va aller, murmura Jungsu en lui caressant sa chevelure trempée. Respire bien. Comme moi, écoute. »

Il prit lentement une longue inspiration. Minhwan tenta de faire de même. Puis il expira tout aussi lentement. Minhwan l'imita encore. Ils firent ça longtemps. Jusqu'à ce que plus un sanglot ne soulève le corps de Minhwan. Jungsu l'avait gardé dans ses bras tout ce temps. Ils étaient toujours agenouillés dans la douche.

« Tu te sens mieux ? demanda Jungsu.

— Oui, un peu…

— Je vais te laisser prendre une douche, d'accord ?

— Hyung... je... i-il faut que je te montre quelque chose... »

Sa voix se brisa. Jungsu lui embrassa le front. Lui aussi il avait la gorge serrée. Il détestait voir Minhwan si mal en point.

Minhwan releva les yeux. Son regard hurlait sa détresse. Jungsu voulut lui intimer de se serrer de nouveau contre lui. Minhwan le repoussa gentiment. Il se redressa. Jungsu en fit de même. Minhwan posa les doigts sur l'élastique de son short de pyjama. Il était trempé. Ça importait peu. Jungsu l'interrogea du regard. Il ne put pas planter ses yeux dans les siens. Minhwan avait baissé la tête. De nouveau il tremblait. Il renifla. Un sanglot bruyant lui échappa.

Jungsu s'apprêtait à parler. Or, dans un élan de courage, Minhwan retira son vêtement. Il était en caleçon.

Sur ses cuisses figuraient de longs traits encore mal cicatrisés. Mais ce n'était pas des marques dues à des coupures.

Ça ressemblait à des coups de fouet.

Chapitre 24

Jungsu ouvrit des yeux ronds. Si ronds qu'ils auraient sans doute pu sortir de leurs orbites. Sa bouche aussi, elle s'ouvrit. En fait, sa mâchoire tomba presque. Il était immobile. Il ne pouvait pas bouger. Son Minhwan… qu'est-ce qu'on lui avait fait ? Qui lui avait fait ça ?

« T-Minhwan… c-c'est quoi… ça ?

— Je t'en prie, murmura Minhwan entre deux sanglots, dis-moi que tu m'aimes quand même. »

Mais Jungsu ne pouvait pas réfléchir correctement. Il était sidéré. Il ne pouvait pas prononcer une phrase de plus. Alors il se contenta d'un pas dans sa direction pour le serrer dans ses bras. Le serrer fort. Le serrer comme s'il lui promettait de ne jamais le relâcher. Il ne le relâcherait jamais. Enfin… peut-être physiquement. Mais il serait toujours auprès de lui.

Minhwan n'avait pas relevé la tête. Il pleurait doucement. Il profitait de l'étreinte de Jungsu. Il tentait de se calmer. Jungsu lui frottait le dos. Son cerveau tournait si vite. Il avait eu une panne. Jungsu n'arrivait plus à réfléchir. Complètement bloqué.

Minhwan le remercia d'un balbutiement étouffé. Jungsu lui embrassa l'épaule. Chacun revenait peu à peu à lui.

« Tu devrais prendre une douche, dit Jungsu. Ensuite, si tu veux, on pourra en discuter.

— Maintenant que… que t'as vu ça… Est-ce que tu veux bien rester ? Tu peux prendre ta douche avec moi ?

— Nous deux ? Ensemble ?

— S'il te plaît…

— Si ça te dérange pas, alors ça me dérange pas. Je reste avec toi. »

Ils ne s'écartèrent que pour échanger un nouveau regard. Celui de Minhwan était reconnaissant. Celui de Jungsu exprimait toute son affection. C'était tout ce qu'il pouvait faire, pour l'instant. Lui montrer qu'il l'aimait.

Ils se dénudèrent. Ça n'avait rien de sexuel. Ils ne faisaient même pas attention au corps de l'autre. Tout ce que vit Jungsu, c'était que Minhwan avait d'autres traces. À l'arrière de ses cuisses. Mais pas sur son postérieur. Juste sur les cuisses.

Il prit le shampooing. Minhwan tendit la main pour demander la bouteille. Jungsu la lui donna. Puis il commença à lui laver les cheveux. Minhwan fut surpris. Mais ce n'était pas désagréable. Il poussa un soupir de bien-être. Jungsu fut soulagé. Il était rassuré, aussi, que Minhwan ne soit pas gêné de se dénuder devant lui. Surtout si ça impliquait de montrer ces marques. Il était vraiment courageux. C'était admirable. Parce que ça se voyait qu'il vivait très mal le fait de les porter. Alors il fallait un sacré mental pour les dévoiler.

Minhwan était beaucoup plus fort qu'il en avait l'air.

« C'est pas moi qui me suis fait ça, » murmura-t-il.

Il était dos à Jungsu. Jungsu lui lavait les cheveux. Il s'arrêta un instant. Minhwan comprit qu'il avait entendu. Qu'il le laissait poursuivre, en silence. Il déglutit. Jungsu put l'entendre.

« Je te l'ai dit, je... je me serais jamais fait de mal physiquement. Enfin... j-je veux dire, je me serais jamais laissé de cicatrices. »

Oui, parce qu'il avait failli mettre fin à ses jours. Ce n'était pas rien. Physiquement, c'était assez grave, quand même.

Jungsu l'écoutait sans mot dire. Il lui massait la nuque plus qu'il ne lui faisait son shampooing. Mais Minhwan avait l'air de bien aimer. Alors il continuait. Et Minhwan aussi, il continua.

« C'est arrivé y a un peu plus d'une semaine. C'est... c'est aussi pour ça que j'ai craqué. Que j'ai voulu en finir. On venait de dîner, chez moi. Il y avait juste mes parents et moi. Ils savaient que ça allait pas fort. Mes notes chutaient et déjà je voyais bien qu'ils ne me soutenaient plus. Ils m'avaient jamais vraiment soutenu, mais là c'était encore plus flagrant. J'avais l'impression de leur faire honte. Je sais pas pourquoi j'ai fait ça. Je crois que... que j'avais besoin de les entendre me dire que c'était pas si grave... alors je leur ai avoué que... t-tu sais, que j'aime les garçons.

« Je leur avais encore pas dit. Ils savaient que je m'étais disputé avec mon meilleur ami plusieurs semaines auparavant. Ils savaient que ça avait un rapport avec mes notes désastreuses qu'ils me reprochaient tous les jours. Mais j'imagine qu'ils auraient pas cru que quelque chose de pareil puisse arriver à leur fils. Ma mère s'est mise à hurler, mon père aussi. Ils m'ont traité de tous les noms. Je ne leur faisais plus simplement honte, je les dégoûtais.

« J'avais souvent surpris le regard de mon père brûler de rancœur et de haine quand il se posait sur moi, mais jusque-là il s'était contenté de rester froid. Sauf que… ce soir-là, il avait dû avoir une mauvaise journée, ou bien c'était tout simplement la goutte d'eau qui a fait déborder le vase. »

Minhwan prit une profonde inspiration. De nouveau, il commençait à trembler. De nouveau, chaque fois qu'il prononçait un mot, sa voix s'affaiblissait. Tant pis pour le shampooing. Jungsu lui massa les épaules avec douceur.

« Il s'est levé si brusquement que j'ai cru qu'il allait renverser la table, dit Minhwan. Il est venu vers moi, j'ai cru qu'il allait me frapper. Il m'a attrapé par les cheveux et m'a tiré jusque dans ma chambre. Ça faisait… tellement mal… E-Et puis… i-il m'a… i-il m'a obligé à m'allonger sur mon lit… J'avais encore les genoux qui dépassaient du matelas… Il me tenait toujours fermement par les cheveux e-et il… il a voulu baisser mon short. J'ai paniqué, j'ai tenté de l'en empêcher. C'est à ce moment qu'il a relâché mes cheveux pour attraper mes poignets et les plaquer au-dessus de ma tête. Je pouvais plus rien faire, je… j'étais terrifié.

« Il a baissé mon short. Je savais pas ce qu'il comptait faire. C'était juste... t-tellement atroce. Il me l'a pas retiré, il l'a juste baissé, jusqu'à mes genoux. J'arrivais même pas à me débattre tellement j'avais peur. J'étais tétanisé... Il m'a pas retiré mon caleçon, mais il a retiré sa ceinture, de sa main libre. Il l'a pliée en deux et, sans me lâcher, il s'est écarté assez pour pouvoir prendre de l'élan. Y a eu le bruit du cuir qui sifflait dans l'air, et puis... e-et puis ça... ç-ça a ressemblé... à une brûlure. À une déchirure, pleura Minhwan. Ça fait tellement mal, le cuir, quand ça te mord la peau.

« J'ai hurlé. Je l'ai supplié d'arrêter, il a continué. Il m'a dit qu'il faisait ça pour me protéger. Parce que comme ça, j'oserai jamais me dénuder devant un garçon. Parce que quel garçon voudrait voir ces marques hideuses ? Donc si je voulais pas arrêter d'être gay, il ferait en sorte qu'au moins je reste seul. Je voulais le repousser mais... j-j'avais tellement mal... Ensuite, il m'a fait la même chose à l'arrière des cuisses. Pour me protéger contre moi-même. Pour me protéger contre mes sentiments. Pour me protéger... de pas être comme tout le monde.

« J'ai pas arrêté de crier. Il ne m'a relâché qu'une fois mes cuisses complètement marquées. Je me rendais pas vraiment compte de ce qu'il venait de faire. Je m'en suis rendu compte quand j'ai vu du sang sur sa ceinture. Mon sang. »

~~~

Si jusqu'à présent Minhwan avait réussi à parler sans laisser trop de place aux trémolos qui lui brisaient la voix, dès son récit terminé, il fondit en larmes. Ses jambes tremblèrent, il manqua de s'écraser sur le sol. Un réflexe salvateur de Jungsu l'en empêcha. Ce dernier le tourna de sorte qu'ils se trouvent l'un face à l'autre, puis de plus belle il l'enlaça.

Minhwan avait éprouvé une honte dévorante cette nuit-là, quand son père l'avait abandonné dans sa chambre, les cuisses meurtries. Il s'était vu laid, hideux, alors même qu'il savait que ces marques ne prouvaient qu'une chose : il lui fallait s'enfuir. Partir, le plus loin possible. S'envoler, pourquoi pas. S'envoler pour toujours. Déjà à bout moralement, désormais c'était son corps qu'il haïssait.

Pourtant… il aimait à ce point à son sauveur qu'il avait voulu croire que lui ne jugerait pas ces traces monstrueuses. Il avait voulu croire que Jungsu, après l'avoir délivré de ses tourments, pouvait l'accepter malgré ces horreurs gravées sur son épiderme. Qu'il l'enlace de cette manière… Minhwan se trouvait bien incapable de décrire le soulagement que ça lui procurait. Il avait fallu qu'il en parle, et il avait toujours éprouvé la sensation qu'il pouvait se confier à son aîné. S'il devait avouer cet instant traumatisant à quelqu'un, c'était à lui, et à lui uniquement. Il se sentait beaucoup trop honteux pour l'évoquer devant quelqu'un d'autre. Mais avec Jungsu… c'était différent. Depuis le début, c'était différent. Jungsu était différent.

Sans doute parce qu'il l'écoutait, et parce qu'il ne le jugeait pas.

Son petit ami gardait le silence, Minhwan préférait ça : il ne désirait pas discuter. Il espérait juste se libérer de ce fardeau, pas besoin d'ajouter un seul mot.

Jungsu prit du gel douche… et de nouveau, ce fut sur le corps de son cadet que ses mains s'échouèrent. Il le nettoya, passant avec une délicatesse sans égal sur ses blessures. Minhwan le laissait faire sans un bruit, les yeux clos et la respiration paisible. Le tempérament calme de son aîné lui permettait de tranquilliser ses émotions si vives. Il se sentait bien plus serein en sa présence.

Jungsu se lava à son tour, puis il activa de plus belle l'eau et ne dirigea le jet sur eux que lorsqu'il atteignit une température convenable. Parfaitement rincés, ils quittèrent la cabine, s'essuyèrent, et alors qu'ils s'habillaient, son petit ami empêcha Minhwan d'enfiler un short de pyjama. En caleçon et t-shirt, le jeune garçon lui lança un regard craintif.

« On va soigner ça, lui promit Jungsu avec douceur. Il faut absolument s'occuper correctement des plaies si tu veux qu'elles soient moins visibles, d'accord ? »

Minhwan, un nœud au niveau de la gorge, se contenta d'opiner. Son copain apprêté, il l'observa ouvrir un placard duquel il tira une trousse de premiers soins, blanche avec une croix rouge dessus.

Le jeune garçon peinait à le croire ; quelqu'un comptait réellement prendre soin de lui…

Chapitre 25

Jungsu lui prit la main avec tendresse et le tira à la chambre. Minhwan le suivit sans oser le regarder, les yeux fixés sur le sol. Pourquoi ? Il n'en avait aucune idée. Ça lui semblait intimidant d'être aimé. Il se savait stupide de penser ça, mais il ne pouvait pas s'en empêcher. Voir un garçon lui témoigner de l'intérêt, c'était tout nouveau pour lui.

Son petit ami lui fit signe de s'allonger sur le lit, Minhwan obéit sans un mot. Le beau compositeur s'assit sur le bord du matelas, tout près de lui, et passa la main dans ses cheveux en plantant ses jolies prunelles noires dans les siennes ; même s'il cherchait à les fuir, son cadet ne pouvait pas y résister quand il le fixait avec une telle intensité, avec un tel amour.

« Tu veux bien me laisser m'occuper de toi ? lui demanda-t-il en lui caressant la joue. Tu me fais confiance ?

— Bien sûr, hyung.

— Parfait. T'inquiète pas, ça va pas faire mal. »

Minhwan opina, il n'avait même pas songé qu'il puisse souffrir. Jungsu lui paraissait doué d'une si grande délicatesse que jamais un de ses actes ne lui ferait éprouver la moindre douleur. C'était quelqu'un de si doux…

L'aîné, rassuré de constater que son petit ami se montrait honnête avec lui, acquiesça. Il grimpa sur le lit et incita l'étudiant à ouvrir les jambes, guettant toute réaction qui tendrait à prouver que Minhwan se sentait mal à l'aise. Heureux de voir son cadet se laisser faire sans appréhension, il poursuivit son geste. Les mains sous ses genoux, il les lui leva. De cette façon, il pouvait s'occuper aussi bien de l'avant que de l'arrière de ses cuisses.

« Ça va ? s'enquit Jungsu malgré tout. Pas trop gêné ?

— Un peu… mais ça va. Je te fais confiance.

— Parfait. »

Le regard du compositeur débordait d'une gentillesse que Minhwan fut presque surpris de ne pas avoir saisie plus tôt. Son copain attrapa la trousse près d'eux et l'ouvrit avant d'en examiner le contenu. Il afficha une moue dubitative jusqu'à ce qu'un air ravi la remplace. Plus les secondes passaient, moins son cadet se sentait embarrassé par la position qu'il avait adoptée. C'était étrange d'écarter ainsi les jambes devant Jungsu, malgré tout il savait que son petit ami ne chercherait pas à en profiter : il l'avait installé de cette manière uniquement pour le soigner.

Parce qu'il allait le soigner. Il l'aidait jour après jour à guérir psychologiquement, et le voilà qui était décidé à le soigner physiquement aussi.

Le brun avait tiré de la trousse de premiers secours un long rouleau de tissu blanc ainsi qu'une bouteille de désinfectant et une compresse stérile.

« On les a peut-être un peu nettoyées sous la douche, indiqua-t-il, mais je préfère être complètement sûr que tes plaies soient propres avant de les bander.

— D'accord.

— Oh… t'as du bol, y a marqué que ça pique pas. »

Minhwan sourit à la remarque – après ce qu'il avait vécu, ce n'était pas quelques gouttes d'antiseptique qui allaient l'effrayer. Quant à Jungsu, une fois qu'il eut terminé de lire l'étiquette du produit, il ouvrit la compresse et en versa dessus. Cela fait, il posa précautionneusement une main sur le genou nu de son compagnon. Il interrogea ce dernier du regard, désirant s'assurer encore fois que la situation ne le mettait pas trop mal à l'aise.

« Vas-y, approuva Minhwan. Merci de faire aussi attention à moi. »

Son aîné lui sourit et appliqua avec une infinie délicatesse la gaze sur chaque plaie de sa cuisse. Il l'enroula ensuite de la bande de tissu, un tissu aérien à la douceur apaisante. Le jeune étudiant avait fermé les paupières et profitait du plaisir de sentir les mains chaudes de Jungsu agir pour soigner son corps. Ça lui semblait si tendre…

Son copain répéta les mêmes opérations sur l'autre jambe et, bientôt, Minhwan rouvrit les yeux. À la place de ces blessures qu'il haïssait, il découvrit deux pansements minutieusement faits, qui ne laissaient pas un bout de sa peau meurtrie visible. Son cœur se souleva lorsqu'il éprouva la sensation… que

Jungsu avait effacé ses marques. Désormais, quand il regardait ses cuisses, ce n'était plus la haine barbare de son père que le jeune garçon voyait, c'était l'amour que Jungsu ressentait pour lui.

L'amour remplaçait la haine...

Parce que ses émotions étaient décidément habituées à faire des siennes, Minhwan sentit ses prunelles se remplir peu à peu de larmes, des larmes qui traduisaient un incommensurable soulagement. Jungsu, toujours installé entre ses jambes, était occupé à ranger la petite trousse, si bien qu'il ne remarqua rien. Ce ne fut que quelques instants plus tard, lorsque son copain laissa échapper un sanglot, qu'il tourna aussitôt les yeux sur lui.

« Minhwan, ça va pas ? Je t'ai fait mal ? » s'inquiéta-t-il.

Son cadet hocha la tâte de gauche à droite, s'essuya les yeux d'un geste et souffla comme s'il s'agissait d'une confidence :

« Hyung, ça faisait si longtemps... que je m'étais pas senti heureux. »

~~~

Jungsu se sentit heureux. Heureux comme Minhwan. Il aimait le voir rayonner. Et là, Minhwan rayonnait. Malgré ses yeux rouges, il avait un grand sourire. Ils étaient vraiment beaux, ses sourires. Jungsu avait pensé qu'il s'en lasserait. Que très vite, ça ne lui ferait plus rien. Mais non. Chaque sourire de Minhwan continuait de lui faire très plaisir. Vraiment beaucoup. Il se sentait si bien. Voir son corps lavé des horreurs qu'il avait subies, c'était agréable.

Minhwan ne méritait pas un tel traitement. Personne ne méritait un tel traitement. Surtout pas pour quelque chose d'aussi futile que le sexe de l'être aimé. L'amour, c'était une émotion. C'était comme la peur. La peur, ça ne se contrôlait pas. Ça pouvait se cacher, mais ça ne pouvait pas se contrôler. On pouvait faire semblant. On pouvait mentir aux autres. On pouvait se mentir à soi-même. Mais la vérité demeurerait malgré tout. Minhwan aimait les garçons. Et Minhwan avait peur. Deux émotions incontrôlables.

Deux émotions qui l'avaient mené à une même extrémité. Un point de non-retour qu'il avait failli franchir.

Pourtant, aujourd'hui, Minhwan aimait. Et Minhwan se montrait courageux. Il apprenait à vivre avec ses émotions. Il laissait son amour s'exprimer. Il travaillait sur lui-même pour surmonter ses peurs. Même s'ils savaient tous les deux que jamais il n'oublierait ce qu'il avait vécu. Il pourrait seulement apprivoiser son passé pour tenter de regarder l'avenir plus sereinement.

Le passé ne s'effaçait jamais. Les peurs non plus. Et surtout pas l'amour. Les émotions ne s'effaçaient pas.

Désormais, Minhwan était plus amoureux qu'il n'était effrayé.

« Je pourrais avoir un câlin, s'il te plaît ? »

Jungsu déglutit. Il était un garçon. Un garçon en âge de désirer. Un garçon avec des désirs. Un garçon qui se tenait désormais face à un autre garçon. Un autre garçon allongé, jambes écartées, devant lui. Un autre garçon dont il avait touché la peau chaude. Dont il avait caressé les cuisses tendres. Un autre garçon en sous-vêtements.

Mais… un autre garçon qu'il aimait tendrement. Si tendrement qu'il était impossible qu'il songe à une quelconque liaison charnelle.

« Avec plaisir, mon Minhwan. »

Une étincelle de malice brillait dans son regard. Il se pencha au-dessus de lui, à quatre pattes. Il plia les bras. Il put embrasser son copain. Minhwan sourit. Jungsu passa les mains sous ses bras. D'un geste vif, il échangea leur position. Minhwan n'eut pas le temps d'assimiler. Déjà, Jungsu l'enlaçait. Il le tenait fort contre lui. Minhwan avait les tibias sur le lit, le bassin au contact de celui de Jungsu. Il avait les mains de part et d'autre de son visage. Posées sur le matelas. Son regard traduisait sa surprise. Mais aussi son amusement.

Minhwan posa les coudes près de son visage. Ils s'embrassèrent. Ce fut court. Ils se câlinèrent. Ce fut long. Surtout agréable. Minhwan avait toujours les jambes nues. Jungsu lui caressait les cuisses, par-dessus ses bandages. Ils étaient tout doux. Moins doux que la peau de Minhwan, mais doux quand même. Et puis il voyait bien que ça plaisait à Minhwan. Il aimait vraiment lui faire plaisir. Minhwan gloussait parfois. Il disait que ça chatouillait. Ça faisait un peu rire Jungsu. Il trouvait ça mignon.

« Dis, hyung, tu crois que… enfin… »

Ils n'avaient pas beaucoup parlé. Ils s'étaient juste câlinés. Jungsu leva un sourcil interrogateur. Il l'encourageait à poursuivre. Minhwan avait l'air gêné. Jungsu lui caressa la pommette. Doucement. Minhwan esquissa un rictus gêné.

« Tu crois… q-que mes marques… elles partiront ? »

Jungsu fut un peu étonné de la question. Minhwan avait l'air si peu confiant, tout à coup. Il voulait le rassurer. Il sourit avec douceur. Il posa ses lèvres sur les siennes.

« Oui, je pense, lui murmura-t-il à l'oreille, et même si elles partaient pas, je te trouverais magnifique quand même. »

Chapitre 26

« C'est vrai ? » demanda Minhwan, l'œil brillant de bonheur.

Entendre Jungsu affirmer avec une telle sincérité qu'il le trouvait beau en dépit de potentielles cicatrices, ça l'émouvait. Parce que de cette manière, s'il devait conserver la moindre marque, chaque fois qu'il se déshabillerait et qu'il les verrait, il n'y percevrait pas le symbole de la haine de son père, mais de l'amour que lui portait Jungsu en lui témoignant son affection malgré ces immondices.

Ce dernier, en effet, ne regarderait jamais ces traces comme laides, il ne laisserait pas les craintes et la honte de son petit ami l'emporter. Ces traces, elles ne devaient pas signifier que Minhwan ne devrait jamais coucher avec un garçon... elles devaient au contraire signifier que Minhwan ne pourrait se donner qu'à celui qui accepterait à la fois ces cicatrices et ce qu'elles représentaient : un passé douloureux qu'il lui fallait encore surmonter.

Ainsi, ces mots, ils demeureraient sans doute à jamais la plus éclatante preuve d'amour qu'on ait pu lui apporter.

« Bien sûr, opina Jungsu, tant que je peux voir ce joli sourire, le reste importe finalement si peu. Minhwan-ah, t'es tellement beau. C'est pas ce que ce connard t'a fait subir qui va y changer quoi que ce soit. Je t'aime…

— Hyung… »

La tête réfugiée dans le cou de son copain, toujours assis sur son bassin, Minhwan affrontait comme il le pouvait la vague d'émotions qui le submergeait à la manière d'un tsunami enragé. Jungsu lui affirmait implicitement mille choses magnifiques avec cette déclaration.

La voix tremblante, le cadet lui murmura à son tour son amour, profondément touché par la tendresse qui se dégageait de ce moment qui avait pourtant commencé de manière difficile. Son petit ami lui caressait le dos avec une douceur telle qu'en dépit de son vêtement, Minhwan en avait des frissons. Qu'est-ce que c'était bon, de redécouvrir à quoi ressemblait l'affection, la vraie, pas celle qu'il avait cru connaître.

Son père l'avait après tout battu parce qu'il l'aimait, parce qu'il voulait le protéger contre lui-même… Minhwan avait un instant songé, cette nuit-là, que ça ressemblait peut-être à ça, l'affection. Minhwan avait un instant songé, cette nuit-là, que c'était peut-être parce que son père l'aimait réellement et avait peur pour lui, qu'il l'avait fouetté. Même s'il avait presque aussitôt compris qu'il avait tort, que son père avait commis un acte barbare, il avait imaginé l'espace de quelques courtes secondes que celui qui lui avait donné naissance avait agi pour son bien.

C'était de cette manière qu'il s'était rendu compte qu'une personne qui, ayant moins de chance que lui, aurait été violentée toute sa vie, pouvait finir par confondre abus et affection. Tout simplement parce que lorsqu'on détruisait un esprit fragilisé, on pouvait ensuite lui faire avaler même les pires horreurs du monde. Heureusement que lui n'avait pas été complètement brisé, heureusement qu'il lui restait une occasion de se reconstruire, heureusement que Jungsu avait su récolter puis recoller chaque morceau de son âme meurtrie.

Il faudrait des mois, des années sans doute, pour réparer ce que quelques semaines auprès de ses parents avaient causé chez le pauvre jeune garçon. Or, chaque jour avec Jungsu permettait à Minhwan d'y croire. De croire non seulement que son copain s'occuperait de lui pour le soutenir, mais aussi que lui-même réussirait à recouvrer un mental de battant, un mental tel qu'il parviendrait à retrouver le sourire et à se sentir enfin en paix avec lui-même.

Jungsu ne pourrait l'accompagner que jusqu'à la moitié du chemin, ce serait à Minhwan de poursuivre intérieurement le travail sur lui-même s'il souhaitait gagner contre ses démons. Le jeune compositeur demeurerait à ses côtés, mais il ne pourrait pas accomplir ce que son compagnon devait accomplir seul. Guérir s'avérerait difficile, mais ça restait possible. Si son aîné le tirait vers le haut, Minhwan pressentait qu'il pourrait terminer le chemin avec lui, main dans la main, sans que Jungsu n'ait plus besoin de le guider.

« Si tu restes avec moi, susurra Minhwan avec émotion, je suis certain que tout s'arrangera.

— Je resterai, » promit Jungsu.

Avec un immense sourire, son cadet l'embrassa passionnément. Les deux garçons échangèrent une fois de plus leur position. De nouveau, Minhwan se retrouva allongé sur le lit, son bien-aimé entre les jambes. Ce dernier, coudes et genoux sur le matelas, s'assurait de ne surtout pas exercer de pression sur ses cuisses. En effet, si son copain n'avait pas manifesté la moindre douleur quand il s'était occupé de lui bander ses blessures, il craignait malgré tout qu'il ne souffre s'il appuyait dessus par mégarde. Les marques, après tout, n'étaient pas correctement cicatrisées, elles demeuraient assez récentes. Mieux valait se montrer prudent.

Minhwan enroula les jambes autour de son bassin tandis qu'ils échangeaient un baiser sauvage qui impliquait les langues et bon nombre de soupirs tremblants. L'étudiant haleta quand son compagnon lui grignota la mâchoire puis lui butina le cou. Il perdait les mains dans ses cheveux en gémissant faiblement… si bien que Jungsu finit par s'écarter de lui.

« Continue, supplia presque Minhwan en rouvrant les paupières, s'il te plaît.

— Désolé, mon Minhwan : si je continue, le problème que j'ai déjà risque pas de s'arranger, et tu risques d'avoir le même.

— Le problème ?

— Ouais.

— Oh... tu veux dire que tu bandes ?

— Ouah... j'aurais pas imaginé que te l'entendre dire de façon si directe puisse être aussi excitant. »

Jungsu l'embrassa une fois de plus, un court instant, et quitta le lit avant de lui tendre la main. Minhwan afficha un sourire à la fois timide et heureux ; il accepta l'aide proposée et se redressa à son tour. Il sa hâta d'aller enfiler un short pour rejoindre au plus vite Jungsu qui se dirigeait déjà vers le salon.

~~~

Jungsu alla à la cuisine. Il ouvrit un placard. Rien d'intéressant. Il ouvrit un autre placard. Rien non plus. Il ouvrit le frigo. Rien d'appétissant. Or, ce matin, il voulait faire plaisir à Minhwan. Il voulait lui remonter le moral avec un bon petit déjeuner. Ce n'était pas avec des restes de riz qu'il allait le réconforter.

Bon...

« Minhwan, ça t'irait d'aller manger dehors, ce matin ?

— Aller manger dehors ? Genre pique-nique ?

— Nope, genre on va manger à la boulangerie à cent mètres d'ici.

— Une boulangerie ? »

Les yeux de Minhwan s'illuminèrent. Trop mignon.

« Ça te plairait une pâtisserie et un bon jus de fruits ? demanda Jungsu.

— Bah carrément ! Ça fait super longtemps que j'ai pas mangé de gâteaux !

— Alors habille-toi, ce sera plus sympa de s'y poser, il fait pas trop mauvais aujourd'hui. Au moins, on crèvera pas de chaud.

— Je me dépêche ! »

Effectivement. Minhwan avait aussitôt filé. Comme dans les cartoons. Pchit, disparu. Que de la fumée. C'était marrant. Il était vraiment très enthousiaste. Jungsu aimait beaucoup le voir comme ça. Jovial et enthousiaste. Ça allait être sympa de sortir un peu. Minhwan n'était pas fait pour rester emprisonné dans cet appartement. Il avait suffoqué, la veille. Désespéré, son premier réflexe avait été de sortir. Jungsu devrait peut-être lui proposer plus de sorties. Minhwan avait besoin de s'aérer l'esprit. De voir le monde. Jungsu pouvait comprendre. Quand lui-même ne se sentait pas bien, rester chez lui n'était pas agréable. Il allait au magasin de musique. Ou bien au restaurant. Bref, il sortait.

Quelques instants plus tard, ils étaient tous les deux prêts. Ils allaient pouvoir sortir. Jungsu ne mangeait jamais de pâtisseries. Le sucre, ça ne lui plaisait pas beaucoup. Mais il savait que parfois, les gens aimaient bien, quand ils étaient tristes. Un bon gâteau et ça allait mieux. Il connaissait cette boulangerie parce qu'il trouvait simplement la vitrine jolie. Elle était près de chez lui. Il passait souvent devant quand il sortait.

Ils furent rapidement devant le petit comptoir. Il y avait plein de mets. Ils avaient des couleurs appétissantes. Minhwan avait les yeux accrochés aux gâteaux. Ses pupilles brillaient. Il ne feignait pas son bonheur. Il avait vraiment l'air ravi. Jungsu était content d'avoir visé juste.

Minhwan finit par se décider. Jungsu aussi. Il avait pris un gâteau nature. Il n'aimait pas beaucoup le chocolat ou la crème. Un gâteau tout simple. Ça lui allait. Minhwan, lui, avait choisi une tartelette aux fruits. C'était de saison. Ils avaient commandé aussi deux jus de fruits.

La matinée était bien entamée. Jungsu et Minhwan mangeaient à la terrasse de la pâtisserie. C'était plutôt bon. Jungsu avait bien choisi son gâteau. Minhwan se régalait. Jungsu se moqua de lui plus d'une fois parce qu'il s'en mettait sur le contour de la bouche ou bien sur le nez. Vraiment trop mignon. Il ressemblait plus que jamais à un enfant. Jungsu s'amusa à lui essuyer lui-même la bouche. Ça avait fait rire Minhwan. Il s'était laissé faire. En fait, à la fin de son repas, chaque fois qu'il se tachait, il tendait ses lèvres à Jungsu. Et Jungsu lui essuyait le visage. Quand il n'y avait personne, même, il lui offrait un petit bisou. Minhwan gloussait.

Ils venaient de quitter le café. Ils étaient sur le chemin du retour. Minhwan leva les yeux vers Jungsu. Il avait l'air d'hésiter. Jungsu lui demanda s'il voulait lui dire quelque chose. Minhwan hésita. Il hésita beaucoup. Mais il finit par poser sa question.

« Dis, est-ce que je pourrais faire quoi que ce soit pour rembourser tout ce que tu m'offres ?

— Si je te l'offre, pourquoi tu voudrais me le rembourser ?

— Je sais pas... personne n'a jamais été aussi gentil avec moi. Alors je voudrais pouvoir te le rendre. Mais j'ai pas d'argent. »

Jungsu haussa les épaules. Les minutes passèrent. Ils rentrèrent. Minhwan avait toujours l'air préoccupé. Jungsu fit la moue. Puis une idée lui vint.

« Minhwan ? »

Minhwan était parti à la chambre. Il revint au salon lui demander ce qu'il voulait.

« Tu veux vraiment me rembourser ?

— Euh... oui, si je peux, j'en serais heureux, dit-il.

— T'as vraiment une belle voix, est-ce que tu sais chanter ? »

Chapitre 27

Minhwan rougit à ces mots. Il se pinça la lèvre inférieure entre les dents et haussa les épaules avant de balbutier quelque chose de difficilement compréhensible. Jungsu dut lui demander de répéter, l'air dubitatif.

« Oui, marmonna son cadet. Je passais beaucoup de temps au karaoké. C'était... un genre d'exutoire pour moi, et les gens disaient que j'avais une jolie voix.

— Sur ma dernière chanson, y a des parties qui sont du chant pur et simple, pas du rap. J'ai un peu de mal, songea Jungsu. T'as une voix intéressante, j'aimerais beaucoup t'entendre chanter, ça te dérangerait ?

— Si je peux t'aider, non au contraire, j'en serais très heureux.

— Ça pourrait être cool d'avoir quelqu'un d'autre pour bosser sur mes guides, et puis ça me donnerait une meilleure idée de ce à quoi peut ressembler la chanson une fois confiée à un autre artiste. »

Minhwan opina. Son ventre se noua, mais il se noua de plaisir : il adorait chanter, alors chanter pour Jungsu, chanter ses morceaux, participer à ses guides... ça s'apparentait bien plus à une récompense qu'à une proposition, à ses yeux. Il se sentait si retourné par les textes de son petit ami qu'imaginer les interpréter lui-même lui procurait un inexprimable bonheur.

Sans compter que Jungsu lui demandait non seulement de travailler avec lui, mais aussi de prendre part à sa passion. Certes, il avait, d'une certaine manière, perdu le goût de la musique au point qu'en finir lui avait semblé plus doux que de subir son existence... mais ses mots demeuraient d'une bouleversante beauté. Si Minhwan pouvait les rendre vivants, pour sûr il s'y lancerait corps et âme. Ça lui tenait à cœur de mettre en valeur à travers sa voix les émotions vibrantes de ces textes magnifiques.

Jungsu le conduisit à la chambre, il alluma son ordinateur sans attendre. S'impatientait-il autant que son cadet ? Son visage restait si neutre, impossible pour Minhwan de savoir si son aîné se réjouissait à l'idée d'entendre son chant pour la première fois.

Un micro professionnel traînait à côté du bureau, le compositeur le brancha à son appareil, puis il sélectionna un fichier.

« Tu te souviens de la dernière chanson que j'ai écrite ? Celle que j'ai terminée hier ?

— Oui.

— Tu m'as entendu enregistrer le guide ?

— Oui, opina encore Minhwan.

— Tu te rappelles un peu l'air du refrain ?

— Ouais, carrément.

— On va faire un essai tout de suite, sans que tu te sois échauffé la voix. J'aimerais entendre ta voix, ta voix brute. »

Et pour cause, il s'agissait d'une chanson qui traduisait un grand désespoir. Le texte avait profondément heurté Minhwan qui avait cru écouter là une litanie interprétée par un garçon qui se savait condamné. Jungsu en avait écrit la mélodie la semaine précédente, quant aux paroles, il les avait terminées alors que Minhwan était déjà entré dans sa vie. Il avait de nouveau arrangé la musique, et il avait enregistré son guide la veille. Ça avait permis à son cadet de se reposer tranquillement avec sa voix comme bruit de fond.

Jungsu chantait bien, son copain ne pouvait pas le nier, mais effectivement il le sentait moins à l'aise que sur le rap où il excellait. C'était là que ses émotions semblaient exploser et se répandre à la manière de la lave destructrice crachée par un volcan furieux. Le rap de Jungsu emportait tout sur son passage et abandonnait un Minhwan complètement retourné par sa beauté.

Ce n'était que dans ces moments que le jeune compositeur laissait ses sentiments le dominer. Il les contrôlait avec un indéniable talent. Ainsi, son compagnon espérait rendre justice à ses parties en leur insufflant ces mêmes sentiments qui leur permettraient de se révéler à la hauteur du rap des couplets.

« Les paroles défileront automatiquement, indiqua Jungsu, t'as pas à t'inquiéter. Je vais te refaire écouter pour que tu sois bon sur les notes. Ça te va ?

— Oui, pas de soucis. »

Il avait entendu son copain interpréter ces refrains tant de fois qu'il les avait retenus, mais mieux valait s'en assurer, effectivement. Et puis, il n'était pas contre le fait de profiter encore une fois de sa voix délicate.

Jungsu passa la chanson, le dernier refrain. Il le répéta à trois ou quatre reprises, après quoi il confia le micro à son amant.

« Tu vas commencer par chanter par-dessus ma voix, indiqua-t-il, ce sera plus facile pour toi, et de toute façon, on n'entendra que toi sur le fichier que j'ai créé. Prêt ? »

Minhwan acquiesça. Il se racla la gorge, et la musique démarra peu avant son extrait, en plein milieu d'un rap de Jungsu. L'étudiant se passa la langue sur les lèvres, et ce fut à son tour de laisser entendre sa voix.

~~~

Jungsu demeura silencieux. Tout au long de la performance de son copain. Pas un mot. L'air neutre et les bras croisés. Debout. Droit comme un piquet. Les yeux rivés sur son copain. En fait, ça ne se voyait pas qu'il était émerveillé. Ce qu'il ressentait… c'était indescriptible.

Minhwan n'était pourtant pas un professionnel. Mais il faisait vivre la chanson mieux que tous les chanteurs qu'il avait connus jusque-là. Sa voix était vibrante d'émotion. Elle était brute. Peu échauffée, on y entendait de légers trémolos. Ça rendait la chanson encore plus belle. Sa voix était folle. D'une profondeur à peine imaginable.

Jungsu ne pouvait pas mettre de mots sur ce que ça lui faisait ressentir. C'était trop confus. L'émotion était indescriptible. Un instant, il crut que les larmes allaient lui monter aux yeux. C'était stupide, pourtant. Mais il était vraiment ému. Il se mordit la lèvre. Il parvint à conserver un air stoïque.

Minhwan se tut. La chanson était terminée. Jungsu sauvegarda le fichier. Il l'ouvrit ensuite pour écouter. Minhwan s'entendit lui aussi. Jungsu remarqua que Minhwan avait les yeux humides. Pas surprenant. Minhwan était sensible, et les paroles traduisaient un désespoir qui se rapprochait sans doute du sien. Il s'était reconnu. Il s'était approprié la chanson, du moins le refrain. Il l'avait fait sien. Il s'était exprimé à travers les mots de Jungsu. C'était vraiment beau… Ça rendait bien.

« E-Est-ce que… c'était bien ? » dit timidement Minhwan.

Jungsu déglutit. Le dernier refrain de la chanson tournait en boucle dans la pièce. Mais Jungsu gardait le silence. Il finit par se contenter d'opiner. Minhwan s'essuya rapidement les yeux. Il était derrière Jungsu. Peut-être qu'il espérait qu'il ne le remarquerait pas. C'était raté. Jungsu l'avait vu.

En fait, Jungsu voulait répondre. Mais il ne pouvait pas. Il ne pouvait pas parler. Il sentait un nœud dans sa gorge. Sa voix était coincée.

« Je vois, murmura Minhwan. J'avais cru… que c'était pas trop mal. Désolé. Mais si tu me laisses une seconde chance, je ferai mieux, je te jure. »

Minhwan continua de parler. Jungsu ne l'écoutait même plus. Il écoutait cet unique refrain qui se répétait. Encore et encore. Il ne pouvait pas fermer le fichier. Il était hypnotisé. Envoûté par le charme de cette voix unique. La voix de son petit ami. Son petit ami qui chantait sa chanson. Il y avait mis tout son cœur, et ça s'entendait. Ce tsunami d'émotions, c'était si puissant. Ça donnait à Jungsu la sensation de se noyer. C'était étouffant, mais agréable.

Il voulait vivre ça chaque jour. Écrire n'était jamais aussi beau que quand c'était Minhwan qui interprétait ses chansons. Tout à coup, il lui semblait qu'un flot grondant d'idées le dévastait. Il voulait écrire des chansons. Il voulait écouter Minhwan. Il voulait les lui confier. Comme il avait besoin d'entendre sa voix ! Jamais il ne s'était senti si inspiré.

Était-ce la solitude de l'écriture qui l'avait peu à peu détruit ? Peut-être. Il ne savait pas trop. Des sensations nouvelles le prenaient aux tripes. Il avait toujours composé pour libérer ses émotions. Il avait écrit pour lui-même. Aujourd'hui, en quelques instants, Minhwan avait tout balayé. Jungsu désirait se débarrasser de la solitude. Il avait besoin de Minhwan. La musique était tellement plus belle quand celui qu'il aimait s'en mêlait. Il avait auprès de lui… quelqu'un qui partageait sa passion. Quelqu'un qui lui permettait de la vivre plus intensément.

Quelqu'un qui la ranimait.

« Hyung, est-ce que je peux réessayer ? Je ne... »

Minhwan sursauta. Jungsu avait fait volte-face brutalement pour l'enlacer. Il enfouit la tête dans son cou. Il le serrait si fort dans ses bras. Si amoureusement. La surprise passée, Minhwan enroula les bras autour de sa taille. Sa respiration se coupa soudainement. Il venait de sentir quelque chose de mouillé s'échouer contre sa clavicule, puis couler doucement.

« Hyung... ? »

Le corps de Jungsu fut secoué par un sanglot. Ça y ressemblait. C'en était un. Minhwan sentit son cœur cogner. Ce n'était que la seconde fois qu'il voyait Jungsu pleurer. Mais cette fois-ci... Jungsu pleurait de bonheur.

« Minhwan, murmura-t-il d'une voix qui traduisait ses larmes, c'était tellement magnifique... merci. De tout mon cœur, merci. »

Chapitre 28

« Jungsu… »

Minhwan voulut poursuivre, lui demander ce qui lui prenait, tout à coup. Il songea à l'interroger quant à cette surprenante réaction… pourtant il se tut. Il laissa sa phrase mourir et se contenta d'embrasser le front de son copain. Les sanglots ne cessaient pas, le corps du jeune compositeur tremblait de manière incontrôlable, et les larmes coulaient en abondance.

Ému de le voir craquer, Minhwan glissa les mains sous ses cuisses et le souleva. Jungsu, par réflexe, enroula les jambes autour de sa taille, le visage toujours blotti dans son cou. Quelques pas plus tard, l'étudiant se trouvait au bord du lit. Il s'assit sur le matelas. Désormais agenouillé sur ses cuisses, l'aîné en profita pour se lover plus agréablement encore contre son copain qui lui caressa le dos.

De longues minutes passèrent. Jungsu semblait éprouver un mal fou à se calmer. Après quelques instants, son cadet s'était allongé, l'emportant dans son geste, et à présent il lui embrassait tendrement le front, sans cesser de le câliner. Il fallait bien admettre qu'il ne comprenait pas ce qui avait tout à coup poussé son petit ami à fondre ainsi en larmes. Ses émotions avaient brusquement surgi, et Jungsu, trop habitué à les contenir, se trouvait parfaitement incapable de les gérer.

Tout ce qu'il pouvait faire, c'était leur permettre de se répandre, et s'abandonner enfin à ce qu'il ressentait, sans chercher à s'en cacher, sans tenter de se raisonner plutôt que de s'exprimer. En dépit des sanglots, il n'éprouvait aucune douleur, au contraire le soulagement dominait son être. Il s'agissait là d'un sentiment que Minhwan connaissait bien : c'était agréable de lâcher prise, de se laisser porter par ses émotions.

« Ça va aller, lui susurra-t-il, ça va aller.

— Je suis désolé, murmura son compagnon d'un ton brisé. J-Je sais pas ce qui m'arrive.

— T'as simplement besoin de tout sortir. T'as pas à t'en excuser. Pleure, ça te fera du bien. »

Sa voix lorsqu'il parlait si bas se révélait profonde au point qu'elle détendit Jungsu. Peu à peu, il cessa de trembler, et sa moue habituelle, lasse, fut remplacée par un léger sourire malgré son regard rougi et fatigué. Minhwan remonta la main de son dos jusqu'à sa chevelure pour la lui caresser tendrement, les prunelles plantées dans celles de son copain.

« Tu te sens mieux ? Ça va ? »

Il avait après tout passé une bonne dizaine de minutes à sangloter, et son cadet s'avérait bien placé pour savoir que c'était épuisant. Jungsu acquiesça avec douceur avant de replonger le visage contre son torse, les yeux clos, serein.

« Oui, souffla-t-il, je me suis rarement senti aussi bien. Merci d'être entré dans ma vie, Minhwan. Merci de l'avoir changée, ma vie. Je t'aime...

— Je t'aime aussi. »

Touché par ces paroles, Minhwan ferma à son tour les paupières. Quelques instants plus tard, alors qu'il songeait paisiblement, il s'aperçut que son petit ami s'était assoupi. Habituellement, c'était le plus jeune qui s'endormait dans les bras de son amant. Or, cette fois, ça avait été au tour de Jungsu d'avoir besoin d'un soutien, d'une étreinte, de réconfort. Et ça avait été au tour de Minhwan de lui en apporter, mission dont il s'était acquitté avec une immense tendresse, dans l'espoir de montrer à Jungsu qu'il pouvait se confier à lui.

Aucune raison d'éprouver une quelconque honte de pleurer, aucune raison de se sentir humilié de réclamer de l'aide. Au contraire, ça prouvait un grand courage, car il fallait beaucoup de force pour admettre ses émotions, ses faiblesses, et les exposer. Jungsu y avait toujours vu une fragilité qu'il avait rejetée. Néanmoins, ce jour-là, dans les bras de Minhwan, il avait enfin accepté ce que son cœur hurlait. Plutôt que le faire taire, il l'avait écouté, et il en avait été profondément bouleversé.

Minhwan était convaincu que c'était pour cette raison qu'il avait réagi de cette manière, et il avait visé juste. Désormais, Jungsu se sentait en paix avec lui-même – du moins pour l'instant. S'endormir n'avait jamais été si facile pour lui, écrasé par la fatigue une fois les ultimes larmes versées.

Heureux de pouvoir prendre soin de son copain comme ce dernier avait pris soin de lui ces jours-ci, Minhwan le garda dans ses bras et finit par sombrer lui aussi dans un agréable sommeil, apaisé par la respiration tranquille de son compagnon.

~~~

Jungsu ouvrit les yeux. Minhwan le serrait toujours contre lui. Il le serrait fort. Mais il trouvait ça tout doux. Minhwan était réveillé. Quand Jungsu leva les yeux, il croisa son regard. Minhwan lui sourit. Jungsu le lui rendit. Il se sentait si bien. Un petit ballon d'hélium. Il avait l'impression de flotter. Il était léger. Le monde lui semblait moins sombre. Pourtant il adorait la nuit. Mais il trouvait le monde plus beau, maintenant. La lumière aussi, ça avait ses avantages. Le soleil lui semblait briller plus fort que jamais. Pourtant il adorait la pluie. Mais il préférait le soleil, maintenant. C'était plus rassurant.

Et puis... Minhwan lui faisait penser à un petit soleil. Pas à de la pluie. Alors il préférait le soleil. Tout en Minhwan lui rappelait l'étoile. Il était toujours là. Il était rayonnant. Sa gentillesse dardait comme les rayons estivaux sur la plage. Elle l'éclairait puissamment.

« Ça va ? »

Le murmure de Minhwan lui emplit le cœur de beau temps. La caresse amoureuse d'une brise d'été, la chaleur tranquille d'un rayon perdu au milieu de l'ombre, le baiser de l'écume sur le bout des orteils. Minhwan était sa renaissance.

« Oui, ça va, dit Jungsu tout bas. Je me sens vraiment bien.

— Sûr ?

— Certain.

— Alors… t'as pas détesté, quand j'ai chanté ? »

Jungsu sourit. Il leva la main pour lui caresser la joue. Il l'embrassa affectueusement.

« Bien sûr que non. J'ai adoré. C'était tellement beau… Et je crois que j'ai compris.

— Compris quoi ?

— J'ai compris ce qui me manquait pour être heureux. J'ai compris pourquoi la musique ne me faisait plus vibrer.

— C'est vrai ?

— Oui, finalement j'ai trouvé…

— Alors c'était quoi ? demanda timidement Minhwan.

— Pas « quoi », mais « qui ». C'était toi.

— Moi ? Je comprends pas…

— Tu m'as permis de me rendre compte que ce qui me plaisait dans la musique, c'était de la partager. Je m'en fous d'être connu, mais… mes employeurs ne me félicitaient jamais pour une bonne chanson, ils me payaient. Je bossais seul dans ma chambre depuis des mois, y avait personne avec qui partager ma passion. Mais à quoi ça rime d'avoir une passion, si on a personne avec qui la partager ? J'aime être seul, mais au bout d'un moment, ça devient pesant, tellement pesant que… je sais pas. J'ai toujours été trop timide pour faire de nouvelles connaissances, alors j'ai fini par me convaincre que j'étais heureux, seul.

« Sauf que c'était faux. J'étais pas heureux. Jour après jour, ça me tuait de me sentir seul au monde, et ma musique n'exprimait plus que la détresse que je me cachais à moi-même. Puis t'es arrivé, toi avec ta gentillesse. Tu m'as complimenté sur mon travail, tu t'y es intéressé, et aujourd'hui, tu y as même participé. Minhwan-ah, je pense pas que tu puisses te rendre compte à quel point c'est important à mes yeux. Avant, quand j'imaginais la musique, je pensais à des flocons esseulés un jour d'hiver, dans un décor en noir et blanc. Maintenant, c'est à une explosion de couleurs que je pense. Une explosion de couleur autour de toi en train de chanter.

« J'aime écrire des chansons émouvantes, qui prennent aux tripes, mais cette fois… j'ai envie d'écrire quelque chose de plus léger. Sauf que j'ai aussi envie que ce soit toi qui chantes, toi et personne d'autre. Je veux écrire une chanson dont tu serais l'unique interprète, une chanson que je ne vendrais à personne. Alors… Minhwan, s'il te plaît, continue de chanter pour moi. Ce serait un honneur de t'entendre et de travailler avec toi.

— T'es sérieux ?

— On ne peut plus. Je crois que… que je peux m'en sortir. Que je peux trouver le bonheur si tu restes auprès de moi. Ce sera pas instantané, c'est sûr, je… c'est étrange, mais j'ai l'impression qu'il faudra… du temps. Je te fais confiance, te méprends pas, juste… j'ai encore peur… de dire tout ce que j'éprouve. Tu vois ? Te le dire à toi, ça va, mais… dans une chanson, c'est difficile. J'aimerais ne pas être seul pour écrire cette chanson. En fait… j'aimerais ne plus être seul. »

Jungsu s'était recroquevillé contre Minhwan. Il se cramponnait à son t-shirt. Il craignait de lui avouer ça. Pourtant il avait confiance en lui. Mais il avait peur quand même. Minhwan était touché que Jungsu lui avoue tout ça. Ça se voyait à ses yeux, qu'il était touché. Jungsu l'embrassa. Minhwan fut surpris de le voir rougir. Il avait l'air si gêné.

Il était mignon.

« Tu seras plus jamais seul, promit Minhwan. Tant que tu voudras de moi, je resterai… »

Chapitre 29

Le reste de la journée, Minhwan et Jungsu l'avaient passé ensemble. Les deux garçons avaient travaillé sur la chanson du compositeur qui souhaitait à tout prix que son cadet soit la voix qu'on entendrait sur ses refrains. Minhwan avait tenté de lui opposer qu'il ne s'agissait que d'un guide, mais son copain avait répliqué que non, finalement il ne s'agirait pas que d'un guide : tant pis pour ses employeurs, cette chanson, elle demeurerait la leur. Celle dans laquelle ils exprimeraient leurs peines, leurs frustrations, et celle grâce à laquelle ils se débarrasseraient pourtant de ces mêmes émotions négatives.

En vérité, ils désiraient faire de ce morceau leur catharsis : ils espéraient qu'il les libérerait de leurs douleurs pour leur permettre ce nouveau départ auquel ils n'avaient pas cru mais qu'ils entrevoyaient désormais. Un nouveau départ... Minhwan avait beau se répéter ces deux mots, il les trouvait magnifiques et enthousiasmants. Jungsu l'avait affirmé, lui aussi approuvait : il faudrait du temps. L'aîné avait été à ce point détruit par la solitude, et son petit ami par ses proches, qu'il s'avérait impossible que tout soit oublié en un claquement de doigts. Faire table rase impliquerait des mois (des années, peut-être) et des efforts.

Or, au soir de ce cinquième jour qu'ils passaient ensemble, les deux jeunes gens voulaient songer qu'ils y parviendraient, que tôt ou tard ils se sentiraient heureux autant qu'épanouis.

Ils se couchèrent et s'endormirent le sourire aux lèvres, un sourire qui traduisait leurs espoirs.

Au matin suivant, les deux compagnons ouvrirent les paupières sur ce qui leur apparut comme un jour nouveau. Il n'existait pourtant aucune différence entre la veille et ce matin-là, mais il leur semblait que quelque chose avait changé – quelque chose en eux, peut-être. Le ciel s'assombrissait alors même qu'à leurs yeux, le temps s'était adouci.

Après quelques banalités échangées, les deux garçons s'embrassèrent un court instant et se levèrent. Aussitôt, ils se mirent au travail : Jungsu avançait sur sa prochaine chanson, sous le regard bienveillant de Minhwan qui, quant à lui, relisait ses paroles pour une énième prise de ses refrains. Son aîné lui avait pourtant affirmé, la veille, qu'il avait enregistré exactement ce dont il avait besoin. Or, son cadet estimait pouvoir faire mieux. Jungsu lui avait donné quelques conseils et avait déclaré qu'il trouvait sa voix immensément plus belle quand elle demeurait brute, quand on sentait qu'elle n'avait pas été échauffée.

Les deux garçons y passèrent leur matinée. Une fois le soleil à son zénith, Minhwan détenait le fichier parfait : un de ses essais lui avait paru particulièrement concluant, et en l'écoutant à son tour, Jungsu avait ajouté qu'il pensait qu'ils avaient là tout ce que le jeune homme pouvait produire de plus sublime. Ça avait beaucoup ému Minhwan, honoré de pouvoir offrir son chant à ce morceau dont chaque prise voyait naître une larme orpheline aux coins de ses yeux.

Il chantait bien plus que le refrain de Jungsu, il chantait son âme.

Le parolier, pour sa part, avait avancé sur son prochain travail : il avait composé une mélodie qui, quoique bouleversante, traduisait avant tout une bonne humeur paisible. C'était quelque chose de tranquille, une ballade poignante dont Minhwan interpréterait une grande partie.

En effet, Jungsu en avait déjà écrit le texte. En entier. Il lui avait suffi d'à peine une heure. Dès lors que son petit ami, imprégné par les mots de sa chanson précédente, avait commencé à enregistrer quelques essais, son aîné s'était à ce point senti porté par sa voix et sa présence qu'il lui avait semblé se faire frapper par les flots grondants de l'inspiration. Vers après vers, il lui avait fallu peu de temps pour achever son ouvrage. Impossible de décrire ce qu'il avait éprouvé : c'était le pouvoir qu'exerçait Minhwan sur lui, tout simplement.

Le jeune garçon l'avait regardé faire, discrètement, et l'avait aussitôt admiré plus encore, lui qui le percevait déjà comme un véritable génie. Jungsu le fascinait, il ne se lassait pas de l'observer en plein travail, perdu dans ce monde de musique auquel il avait convié son compagnon. Quel bonheur de savoir que le compositeur désirait partager son univers avec lui !

~~~

Jungsu était heureux. Il aimait partager ses idées. Surtout avec Minhwan. Parfois, entre deux prises, il le coupait. Il lui faisait écouter ce qu'il préparait. Il lui montrait ses paroles. Et il lui demandait son avis. Minhwan aimait bien. Il se montrait enthousiaste. Jungsu était ravi. Être reconnu à sa juste valeur, c'était agréable. Minhwan ne se contentait pas d'être enthousiaste, d'ailleurs. Il l'encourageait. Il le félicitait. Jungsu avait oublié à quel point ça faisait du bien à son cœur. Il devenait tout chaud, son cœur. Et il gonflait, comme du pop corn. Ça faisait bizarre dans son torse, c'était tout drôle. Son cœur, comme un petit grain de maïs.

Jungsu sourit à cette idée.

Six jours et demi étaient passés depuis leur rencontre. Cette nuit, ça ferait une semaine. Qu'est-ce qu'ils allaient bien pouvoir se dire, au réveil ? Aucune idée. « Je t'aime, je veux qu'on reste ensemble », c'était ça que Jungsu espérait dire. Il aurait bien fait une jolie déclaration. Mais il ne savait pas faire de jolies déclarations. Enfin, pas sur commande. Seulement quand il était vraiment inspiré. Peut-être le serait-il, le lendemain. Pour l'instant, ce n'était pas le cas. Rien ne lui venait. Pas de jolis mots poétiques.

Il venait de terminer une chanson entière, son réservoir de jolis mots était épuisé. Sa tête était fatiguée. Il avait trop réfléchi. Il voulait se reposer un peu. Avec Minhwan.

Ils préparèrent ensemble le déjeuner. Rien de bien fou, juste du riz, du bœuf et du kimchi. Ils n'avaient pas le courage de préparer de bons petits légumes. Le kimchi, c'était déjà bien. Surtout qu'eux ne mangeaient pas beaucoup. Alors pas besoin de plus.

« Tu veux faire quoi, cet après-midi ? demanda Minhwan.

— Faut que je bosse sur une chanson. Ce matin, un artiste a fait appel à moi pour arranger une de ses compositions. C'est pas grand-chose, mais ça rapportera déjà pas mal. Tant que je bosse, mes supérieurs me disent rien.

— Et c'est pas grave si tu bosses sur des chansons... pour nous ?

— Faut pas que je fasse que ça, disons. Je dois faire rentrer de l'argent. Je suis super autonome, mais en échange je dois être productif.

— Oh, je vois.

— J'ai l'habitude de gérer plusieurs projets à la fois, ce sera pas un souci.

— Alors tu comptes travailler, cet après-midi ?

— Ouais.

— D'accord. Moi j'en profiterai pour lire un peu.

— Comme tu veux, t'es ici chez toi, dit Jungsu.

— Merci beaucoup. »

Jungsu retourna à sa chambre. Minhwan avait insisté pour débarrasser la table. Et pour nettoyer la vaisselle, aussi. Jungsu avait refusé. Minhwan avait encore plus insisté. Jungsu avait lâché l'affaire. Minhwan disait que comme ça, il aurait plus de temps pour travailler. Jungsu était convaincu qu'il sous-entendait que comme ça, il aurait plus vite fini. Mais Minhwan ne l'avait pas dit. Alors Jungsu ne savait pas s'il pensait vraiment ça.

Tout l'après-midi, Jungsu travailla. La chanson qu'il avait reçue était belle. Elle parlait d'amour. Ah, qu'il en avait entendu, des chansons d'amour ! Toutes les mêmes. Celle-ci ne faisait pas exception. Banale. Mais il n'était pas payé à retaper les paroles. Alors il se contenta d'arranger un peu la composition. Il cherchait à mettre en valeur les phrases qui lui semblaient jolies. Il y en avait quelques-unes. Elles étaient un peu plus originales. Elles se démarquaient. L'artiste n'écrivait pas trop mal. Sa chanson n'était pas exceptionnelle. Mais elle était bien quand même. Il progresserait sans doute.

À travers ses arrangements, Jungsu essayait de lui montrer la voie à suivre. Il mettait en lumière les beautés du texte. Il en dissimulait les maladresses. Il en camouflait les banalités. Il embellissait des paroles auxquelles il n'avait pas touché. Tel était son talent.

Et la raison pour laquelle il était bien payé.

Étrange, d'ailleurs, qu'on lui apporte si peu de considération. Sans doute parce qu'il ne travaillait qu'avec des artistes underground. Des gens pas connus. Comme lui. Au moins, il avait plus de libertés.

Pas de manager exigeant sur le dos. On lui faisait confiance. Dans le milieu, on savait qu'il était doué. Peut-être un jour une de ses chansons propulserait un artiste au sommet. Peut-être cet artiste serait-il Minhwan. Il aimerait bien. Mais il n'était pas sûr que Minhwan aime. Ça ne lui irait pas trop, la gloire. Il était trop timoré. Et le connaissant, il risquait de ne pas se plaire sous les projecteurs. Il voudrait faire plus, toujours plus. Bien, trop bien. Et il s'épuiserait. Certains artistes pouvaient supporter ça. Minhwan avait déjà trop souffert. Il avait besoin d'une vie reposante et tranquille. Un petit havre de paix.

Il le méritait. Il méritait de trouver ce qui le rendait heureux.

Et chacun était proche d'y parvenir. Pas parce qu'ils se rendaient heureux l'un l'autre. Non. Juste parce qu'ensemble, ils se poussaient mutuellement à essayer de comprendre leur propre cœur et enfin lui obéir.

Chapitre 30

Cet après-midi-là, Minhwan était resté assis sur le canapé. Tantôt il avait lu, tantôt il avait regardé la télévision, et il avait passé l'essentiel de son temps ailleurs : dans ses pensées. Bientôt sept jours qu'il demeurait auprès de Jungsu. Il essayait de se résumer ce moment en sa compagnie, et ce n'était pas tant des faits que des émotions qui lui venaient à l'esprit. D'abord, il avait éprouvé du désespoir, puis une sorte de peur – une peur du changement. Il avait dû se remettre en question, remettre en question son monde et sa vie. Il avait pleuré, puis progressivement il avait appris à sourire et à aimer. Il s'était fié à Jungsu, il lui avait confié son cœur dans l'espoir qu'il en prenne soin, et son beau compositeur avait fait bien plus encore.

Il l'avait guéri avant de le lui redonner.

Il lui avait permis de comprendre que s'il souhaitait connaître le bonheur, il fallait qu'il le puise en lui-même, pas dans le regard des autres, pas même dans celui de son petit ami. Il n'était pas convaincu d'y parvenir. Pour autant, il ne cesserait pas d'essayer, de chercher ce qui le rendait véritablement heureux, indépendamment de toute personne extérieure. Ce qui, lui, lui ferait plaisir, sans considération pour les jugements que cela pourrait lui valoir.

Ainsi, après le soulagement, il pourrait ressentir le bien-être, le vrai.

Le simple fait de l'imaginer renfermait quelque chose de profondément rassurant. Malgré tout, il éprouvait toujours un je ne sais quoi dérangeant, un quelque chose qui lui laissait un goût amer. Sans doute était-ce la conséquence des actes de ses parents : Minhwan se sentait aussi libre qu'un prisonnier à qui on avait oublié de retirer ses chaînes.

Dans un paradis de sérénité, il portait encore son boulet infernal. Il pouvait avancer, mais la progression était considérablement ralentie. C'était un bonheur âpre, une symphonie de joie parsemée de notes mélancoliques. C'était une paix que venait troubler une profonde rancœur.

Ainsi, à mesure que passait l'après-midi, Minhwan avait rejoué dans son esprit les derniers mois vécus auprès de ses proches. Son meilleur ami à qui il s'était confié, sa famille à qui il n'avait pas osé parler avant de finalement admettre ses penchants… et puis son père qui l'avait battu en prétendant que c'était ainsi que se traduisait son amour pour lui.

Jamais l'amour n'avait semblé si insoutenable : quand Jungsu l'embrassait, son cœur se réchauffait. Or, quand c'était la ceinture de son père qui s'exprimait, elle ne l'embrassait pas, elle le mordait, et ce n'était pas son cœur qui se réchauffait, c'était sa peau juvénile qui brûlait en se teintant de pourpre.

À la simple pensée de la violente douleur, le pauvre garçon avait tout à coup cru la sentir lacérer de nouveau l'épiderme. Il avait abandonné une larme qu'il avait rapidement essuyée. Ainsi s'était déroulé son après-midi, et il avait préféré cuisiner le dîner pour se vider l'esprit.

En dépit de tout, il ne pouvait pas ignorer que son passé continuerait de lui peser longtemps. Il ne pouvait pas ignorer que ça lui arriverait régulièrement de songer à ces coups perfides ou ces regards hautains. Une cicatrice qui guérissait demeurait visible, rien ne lui permettrait jamais d'oublier.

Il se questionnait au sujet des réelles cicatrices qui marquaient ses cuisses quand Jungsu, parce qu'il entra au salon, coupa le fil de ces tristes pensées. Minhwan retrouva aussitôt le sourire et le convia à s'installer tranquillement pendant qu'il terminait son repas. Surpris, son copain le remercia, demanda s'il pouvait lui apporter une quelconque aide, et finit par accepter de le laisser s'occuper seul du plat.

Une odeur exquise s'élevait déjà : le jeune garçon avait confectionné sa spécialité, du riz sauté au bœuf avec quelques légumes et un peu de sauce soja. Les deux compagnons, enfin attablés ensemble, se régalèrent. Jungsu peinait à se rappeler la dernière fois qu'il avait si bien mangé, son estomac risquait d'exploser s'il avalait le moindre grain de riz supplémentaire – et il en allait de même pour Minhwan.

« C'était une tuerie, déclara le compositeur, tu veux pas en refaire demain midi ? »

Minhwan baissa la tête et se mordit la lèvre inférieure avant de hausser les épaules. Alors… Jungsu désirait qu'il reste auprès de lui, même une fois les sept jours passés ? Il désirait poursuivre leur relation

? Bien sûr, ça paraissait évident, mais pas aux yeux de Minhwan qui, éternellement dénigré par ses proches, peinait à croire que quiconque puisse se montrer aussi généreux envers lui. Cette simple question de son copain le touchait bien plus que de raison.

Il avait trouvé un endroit où, plus que se sentir chez lui, il se savait chez lui.

~~~

Jungsu avait vraiment bien mangé. Il était plein. Il avait tout à coup sommeil. Il n'était pas tard. C'était d'avoir trop mangé. Ça le rendait somnolent. Peu de choses le rendaient somnolent. Même l'ennui ne le fatiguait pas particulièrement. Mais trop manger, si. Il n'était pas habitué. Alors il était fatigué. Son lit l'appelait déjà. Minhwan aussi, il avait l'air somnolent. Ça tombait bien.

Jungsu proposa de faire la vaisselle. Comme ça, Minhwan pouvait se laver les dents. Et puis, il n'y avait pas grand-chose. Minhwan avait lavé tout ce qu'il avait utilisé pour sa préparation. Il était vraiment organisé. Ne restait que les bols et les baguettes. Ça irait vite.

Quelques instants plus tard, ils étaient allongés dans le lit. Ensemble. L'un contre l'autre. Dans les bras l'un de l'autre. Ils poussèrent en chœur un soupir de bien-être. Jungsu aimait vraiment être collé contre Minhwan. Plus encore quand Minhwan l'enlaçait. Il aimait beaucoup. Il avait l'impression qu'il avait le droit d'être réconforté, lui aussi. Chacun prenait grand soin de l'autre. Car s'ils le dissimulaient, ils n'en demeuraient pas moins fragiles. Et ils le savaient. Ils le craignaient.

« C'est bizarre que tu sois plus grand que moi, parce que je te considère comme mon bébé, dit Jungsu en se blottissant contre lui. J'adore te câliner.

— Moi aussi, j'adore te tenir contre moi. T'as le corps tout chaud. »

Et sur ces mots, Minhwan se rapprocha. Il s'allongea sur Jungsu. L'un face à l'autre. De petits bisous furent échangés. Ils s'endormirent. Minhwan tenait vraiment chaud à Jungsu.

Au matin, Jungsu ouvrit les yeux difficilement. Fatigué. Enfin, pas vraiment. Il n'était pas fatigué. Il aimait juste rester au lit. Il avait toujours aimé. Mais c'était encore mieux depuis que Minhwan restait avec lui. Comme ça, ils se tenaient chaud. Ils étaient bien.

Jungsu se tourna. Il tendit la main vers son copain. Il l'enlaça. Il l'attira à lui. Mais la sensation fut bizarre. Il rouvrit les yeux. C'était un oreiller. Minhwan n'était plus là. Jungsu l'appela. Pas de réponse. Il resta dans le lit, les yeux clos. Minhwan était sûrement à la cuisine. Pas le courage de se lever. Jungsu voulait rester encore un peu au chaud. La couverture était chaude. Le matelas aussi. Mais Minhwan le réchauffait mieux. Il préférait Minhwan.

Après quelques minutes, Jungsu fit la moue.

« Minhwan, t'es où ? »

Il se leva. Il alla au salon ouvert sur la cuisine. Personne. La salle de bain était également vide. Pas de Minhwan. C'était bizarre, ce silence. Jungsu n'y était plus habitué. Il n'aimait pas beaucoup. C'était un peu oppressant, non ? Il manquait quelqu'un. Il manquait une voix, un sourire, une caresse, un baiser, un regard. Il manquait un morceau de son âme. Jungsu se sentait un peu vide. Comme son lit. Il manquait Minhwan.

« Minhwan-ah ? Minhwan ? »

Pas de réponse. Pas surprenant, à quoi s'attendait-il ? Minhwan était parti.

Le regard de Jungsu, jusque-là neutre, changea. Il se teinta d'émotions. D'abord de l'inquiétude, puis de la peur. Minhwan serait-il parti sans l'en informer ? Si oui, pour aller où ? Il ne connaissait rien ici. Il n'avait plus de portable. Où aller, dans de telles conditions ? Peut-être était-il au parc. Ce serait logique. Il n'avait presque pas d'argent. Il ne risquait pas d'avoir la soudaine envie de faire du shopping. Pas à cette heure, en tout cas.

Il était à peine neuf heures.

Décidé à aller au parc, Jungsu enfila un jean. Il passa un t-shirt. Il faisait encore frais. Tant pis. Minhwan était peut-être en train de pleurer au parc. Il devait le rejoindre. Il mit ses chaussures. Avant d'ouvrir la porte, son regard se posa sur une feuille pliée en deux. Elle y était accrochée à l'aide d'un petit bout de scotch.

Jungsu ne sut pas pourquoi, mais son cœur lui fit mal. Il eut peur. Un petit mot sur la porte ? « Parti me promener au parc », hein ? Oui, c'était sans doute ça.

Jungsu attrapa le mot. Il le déplia. C'était une écriture soignée. On voyait que sa main avait tremblé. L'écriture était belle, mais irrégulière. Jungsu fronça les sourcils. Il se mordit la lèvre. Très vite, son visage traduisit sa détresse. Il faillit s'étrangler avec sa propre salive. Une goulée d'air lui brûla la gorge. Il jeta le papier négligemment pour lacer au plus vite ses chaussures. Il s'enfuit de chez lui en coup de vent.

Le papier atterrit lentement sur le sol tandis que la porte d'entrée claquait derrière Jungsu. De délicates lettres noires y figuraient.

« Je suis désolé, hyung. Je crois que j'avais besoin d'y retourner. Je t'aime. »

Dans le couloir, il manquait la valise que Minhwan avait apportée.

Chapitre 31

Minhwan avait ouvert les yeux aux alentours d'une heure du matin. L'obscurité nocturne avait envahi la chambre, mais la présence de Jungsu illuminait le monde à la manière d'un second soleil, bien plus puissant et rassurant que le premier. Ses bras autour de lui offraient au jeune garçon un réconfort inimaginable, un réconfort qui s'avérait le bienvenu après le cauchemar que Minhwan venait de voir défiler dans son esprit.

Il avait rêvé de sa famille, et tout avait tourné au film d'horreur. Il s'était réveillé dans un couinement piteux qui n'avait cependant pas troublé le sommeil de son copain. En découvrant l'heure, ensuite, Minhwan avait songé qu'exactement sept jours plus tôt, non seulement il ignorait jusqu'à l'existence de Jungsu, mais qu'en plus il s'apprêtait à mettre tragiquement fin à la sienne.

Il avait passé près d'une heure à s'interroger sur sa vie, sur son avenir, sur ses sentiments. Il n'avait pas prévu de s'installer au Japon, il lui faudrait entamer de longues démarches pour obtenir le droit de demeurer ici aux côtés de son aîné. D'ailleurs, il avait bien acquis quelques notions de japonais, mais ça se révèlerait largement insuffisant s'il voulait simplement pouvoir se débrouiller seul au quotidien. Était-il condamné à vivre aux crochets de Jungsu ? Pas question, il s'y refusait. Mais que faire ? Il se sentait acculé : retourner auprès de sa famille ne comptait pas parmi ses options. Plus que tout il désirait rester avec Jungsu. Or, même s'il savait qu'il avait tort, il se percevait comme un poids mort pour son petit ami.

Un poids *mort*... drôle d'expression.

Minhwan avait quitté l'étreinte chaude de son compagnon, puis le lit. Il s'était rendu au salon et s'était assis sur le canapé pour pouvoir réfléchir sans être distrait par l'adorable garçon auprès de lui qui dormait si paisiblement. Ça avait été quelques instants plus tard, quand il s'était dirigé vers les toilettes, qu'il était passé par le couloir et que son regard avait croisé sa valise. Jungsu l'avait posée là après l'avoir vidée des quelques objets qu'elle contenait. Il n'avait presque rien laissé... à part l'épaisse corde amenée par son cadet.

Une semaine s'était écoulée. Les yeux fixés sur son bagage, Minhwan ne pouvait pas s'empêcher de songer à ça. Il était temps de prendre une décision importante, une décision qui transformerait sans doute leur vie à eux deux. Vivre ou mourir ? Seuls ou à deux ?

Sans trop savoir pourquoi ni comment, une heure plus tard, Minhwan se trouvait dans un taxi, le coude contre la vitre, sa valise à ses pieds. Il allait dépenser tout ce qui lui restait d'économies pour cet ultime voyage, pourtant il ne regrettait rien. Au fond de lui, tout au fond, il avait compris dès le début que tout devait se terminer de cette manière. À l'endroit même où tout avait commencé. D'une certaine manière, c'était écrit.

Le destin, peut-être. Il aimait y croire.

Bientôt, il se sentirait enfin en paix.

~~~

Jungsu avait mal à la tête. À la gorge, aussi. Au cœur, surtout. Il était au plus mal. Monté précipitamment dans un taxi, il faisait route depuis vingt bonnes minutes. Direction Aokigahara. Il faisait beau, ce matin. Le soleil brillait dans un ciel sans nuages. Très loin de la météo de la semaine passée. Ça redonnait espoir à Jungsu. Minhwan ne devait sans doute pas être parti pour en finir. N'est-ce pas ? Il ne comptait pas en finir, hein ? Juste… y retourner. Avec sa valise. Pour voir du pays, peut-être. Pas pour s'en aller. Il ne fallait pas avoir peur.

Pourquoi se répéter ça ? Jungsu était mort de peur quand même. Tétanisé à l'idée que son copain fasse une terrible erreur. Parce que c'était une erreur. Une monstrueuse erreur. Il s'en était rendu compte cette semaine. Ni Minhwan ni lui n'avait une bonne raison d'en finir. C'était débile. Eux deux. Pas juste Minhwan. Une vie, c'était trop précieux pour être gâché. Trop précieux pour être mis en jeu. Trop précieux pour être perdu volontairement. Ils avaient été stupides.

Minhwan avait laissé ses proches le manipuler. Jungsu avait laissé l'ennui le manipuler. Ils avaient exécré la vie. Ils avaient désiré en finir. Mais c'était tout simplement ridicule. Parce que ça ne changerait rien au problème. Sur Terre, il y avait des cons. Et il y avait des jours qui se répétaient. Eux, ils pouvaient faire en sorte que ça change. Fuir les cons. Fuir l'ennui. Ensemble. Vivre en adressant un rictus moqueur à ceux qui avaient voulu les condamner. Ils le pouvaient. Il suffisait de le vouloir. Seuls, ils n'en avaient pas trouvé la volonté. À deux, si. Jungsu souhaitait croire qu'il n'avait pas rêvé. Que Minhwan et lui étaient bel et bien plus forts à deux.

Minhwan ne pouvait pas le laisser seul. Pas après tout ce qu'ils avaient vécu cette semaine. Il ne pouvait pas ignorer les moments de bonheur. Jungsu était convaincu qu'il voulait s'en sortir. Lui aussi, il le voulait... mais pas seul. Il voulait aussi Minhwan.

Il le suivait jusqu'à la forêt. Et quoi que Minhwan décide, Jungsu le suivrait. Il refusait de se l'avouer, mais sa volonté était chancelante, fragile. Minhwan était un pilier trop important pour lui. Il était encore trop fortement lié à son envie de vivre. S'il devait le perdre... Jungsu ne s'en remettrait pas. Il pouvait trouver le bonheur, le vrai. Mais il avait besoin de Minhwan pour ça. Il fallait qu'il reste à ses côtés. Ils jouaient l'un pour l'autre le rôle de guide sur le chemin de l'apaisement intérieur. Jungsu savait comment trouver le bonheur. Or, pour le moment, impossible d'envisager ça sans Minhwan.

Jungsu poussa un soupir. Il remarqua que sa jambe droite bougeait. Un réflexe. Elle tremblait seule. Il ne contrôlait pas vraiment ça. Il pouvait arrêter, mais ça lui faisait bizarre. Il la laissait trembler. Il avait peur. Vraiment peur. Comme quand Minhwan avait fugué, quelques jours auparavant. Ça expliquait aussi pourquoi il avait le cœur qui cognait si douloureusement.

Et des larmes silencieuses sur les joues.

Ça lui faisait tellement mal d'imaginer Minhwan s'enfuir sans le réveiller. Pourquoi avait-il fait ça ? Il savait à quel point ça le ferait souffrir, non ? Alors pourquoi ? Et son message... pourquoi ? Il devait savoir que Jungsu paniquerait. Et il lui avait promis de ne plus faire ça. Au parc, Jungsu s'en souvenait. Au parc, Minhwan lui avait promis de ne pas recommencer. Qu'est-ce qui lui était passé par la tête ?

Jungsu était prêt à lui donner la lune pour lui faire plaisir. Minhwan était déjà son ange, pas besoin d'aller au paradis s'il voulait des ailes.

Il l'aimait tellement...

Le taxi se gara enfin. Jungsu sortit d'un bond. Il paya sans regarder le prix. Le chauffeur ne dit rien de plus. Il avait visiblement compris.

Jungsu se souvenait de l'endroit où ils s'étaient rencontrés. Pas très loin de ce parking. Il suffisait de s'enfoncer un peu dans la forêt.

Tourner ici. À gauche. Le chemin. Tout droit. Encore un peu. À gauche. Encore. Un arbre coupé. Bon repère. C'était lui ! Un tas de pierres. Il y était presque ! C'était essoufflant. Jungsu... mal aux poumons. Il courait. Ça... le brûlait. Pas l'habitude du... sport. À droite ! Longer... les buissons... Tant pis pour la fatigue ! Tant pis pour les branches. Tant pis pour l'égratignure sur sa joue ! Minhwan ! Plus vite ! Ses jambes souffraient... Mais plus vite ! De longues minutes de sprint. Épuisant. Mais plus vite encore ! Pas le temps de s'arrêter ! S'il ne sprintait pas, qu'il coure ! S'il ne courait pas, qu'il marche ! S'il ne marchait pas, qu'il rampe ! Ne jamais s'arrêter !

« Minhwan-ah ! Minhwan-ah ! »

Mal aux poumons, de l'air !

« Putain de merde ! »

Il repoussa brutalement une branche. Une nouvelle égratignure sur la joue. Pas grave, il devait retrouver Minhwan !

Il devait le retrouver, le retrouver et lui dire une fois de plus à quel point il tenait à lui, à quel point sa seule présence illuminait son monde jusque-là formé d'une terrifiante obscurité dans laquelle il avait à tort cru se complaire ; il devait le retrouver, le retrouver et le serrer dans ses bras, le serrer fort, fort, fort, et l'embrasser jusqu'à ce qu'ils en soient tous les deux épuisés ; il devait le retrouver et lui dire que jamais avant lui quelqu'un lui avait à ce point donné l'envie de vivre et d'aimer, l'envie de plonger dans un monde de musique qui ne serait pas seulement le sien mais le leur ; il devait le retrouver et lui avouer que c'était la première fois que quelqu'un faisait à ce point s'emmêler ses idées, que jamais avant son cerveau n'avait surchauffé comme il le faisait désormais à cause de l'amour qu'il lui portait et qu'il ignorait parfaitement si c'était lui qui devenait fou ou bien si c'était là l'effet de ses sentiments qui lui donnaient l'impression de se perdre dans un flot monstrueux de pensées dont il n'était pas sûr qu'elles aient un sens mais qui lui étaient inspirées par lui et lui seul. Minhwan.

Jungsu était arrivé. Le cœur battant, il se stoppa net.

Une ombre s'étirait sur le sol. Longue et noire. Reliée par une corde épaisse à une large branche.

Jungsu se laissa tomber sur le sol, à genoux. Il laissa ses larmes le submerger.

Chapitre 32

Une petite silhouette s'avança. Elle s'agenouilla à son tour. Elle enroula les bras autour du corps de Jungsu.

« Hyung… désolé de t'avoir fait peur. »

Jungsu ne pouvait plus bouger. Il avait été si inquiet ! En voyant Minhwan vivant, il avait senti toutes ses peurs le quitter. Ça l'avait bouleversé. Il ne pouvait pas retenir ses sanglots.

Minhwan était juste assis au pied de l'arbre. Il avait relevé les genoux. Il les avait entourés de ses bras. Il avait posé la tête contre. La même position que quand Jungsu l'avait trouvé une semaine auparavant. Mais cette fois, c'était Jungsu qui pleurait. Pas Minhwan.

Et ce qui pendait misérablement à l'arbre, c'était sa valise.

Le soulagement de Jungsu était indescriptible. Un poids monstrueux avait été levé de son cœur.

« Pourquoi t'as fait ça ? demanda-t-il dans un immense effort après un long silence.

— Je suis désolé…

— Pourquoi t'as fait ça ?

— Cette nuit… j'étais perdu. Je savais pas quoi faire. Mais une chose était sûre : je voulais me débarrasser définitivement de mes tourments. De mes souvenirs. De mes proches. Et puis… j'avais peur de ce qui allait se passer ensuite. Je peux pas rester au Japon indéfiniment. J'ai eu peur… et j'ai vu ma valise. Déjà sept jours… alors je me suis dit que… j'y verrais peut-être plus clair en revenant ici. »

Et Minhwan serrait Jungsu fort contre lui. Il le serrait fort pendant qu'il racontait. Jungsu essayait d'apaiser ses larmes. Et Minhwan parlait.

« Je suis arrivé un peu avant l'aube. Je… je sais pas pourquoi j'ai installé la corde. Je crois que… j'ai pas réfléchi. J'en avais besoin. De le faire vraiment. Je l'ai accrochée à la branche, et je l'ai regardée. Il y a une semaine, j'aurais sans doute trouvé qu'elle me narguait, qu'elle me défiait. Mais là… c'était juste une corde accrochée à un arbre.

« Je l'ai regardée, et le soleil s'est levé. Le ciel est devenu vraiment bleu. C'était beau. Il faudrait qu'on regarde le soleil se lever, ensemble, un jour. C'est incroyable. Alors… je crois que j'ai pleuré. Et je me suis dit que je voulais voir encore d'autres soleils se lever. Puis j'ai pensé à toi, et je me suis senti coupable. Mais j'avais aucun moyen de te joindre. Je voulais te dire que j'allais bien, que je regardais le soleil, et que c'était beau. »

À son tour, Minhwan fut pris d'un sanglot. Il referma le poing sur le t-shirt de Jungsu. Il renifla. Jungsu se redressa un peu. Recroquevillé, il ne voyait pas son ange. Désormais à genoux face à lui, il le voyait.

« Minhwan… c'est toi, mon soleil. »

Et un sanglot lui échappa. Alors il enroula vivement les bras autour de la nuque de Minhwan. Minhwan souriait malgré les larmes. Jungsu également. Ils étaient émus.

« Moi aussi, je t'aime, hyung. »

Il avait une voix étranglée, preuve de son émotion. Jungsu fut touché.

« Ça faisait une semaine, dit Minhwan pour conclure son histoire, et en voyant tout ça, en comprenant ce que ça valait, un lever de soleil, je me suis dit que... celui que je voulais détruire, c'était pas moi. C'était le moi d'avant. Comme le soleil, je voulais me relever, moi aussi, plus éblouissant encore qu'avant de disparaître. Je voulais supprimer ce que cette valise symbolisait, c'est tout. »

Jungsu ne s'écarta de lui que pour un bref regard. Un regard amoureux. Très vite, ils fermèrent les paupières. Parce que leurs lèvres s'étaient trouvées. Ils s'embrassèrent avec une passion désespérée. Le baiser, quoique surfacique, fut particulièrement appuyé. Et derrière eux, le soleil brillait. Il était beau.

Jungsu posa le front sur l'épaule de Minhwan. Il soupira. Minhwan lui caressa les cheveux. Il s'excusa encore. Ils restèrent longtemps immobiles. La forêt des morts vivait autour d'eux. Les chants des oiseaux, les mugissements tranquilles de la brise matinale, le bruissement des feuilles.

Minhwan passa la pulpe du pouce sur la joue de Jungsu. Il en retira quelques gouttes de sang. Il s'en voulut d'en être la cause, même indirecte. Il n'avait pas souhaité ça.

« Allons-nous-en d'ici, murmura Jungsu.

— Et qu'est-ce qu'on va faire ?

— On va vivre.

— Je peux pas rester au Japon.

— On ira en Corée du Sud.

— Et ton travail ?

— Je peux le faire depuis la Corée du Sud. Mes patrons me voient presque jamais. J'aurais juste quelques voyages d'affaires, de temps à autre. Mais c'est pas loin en avion, le Japon.

— Tu ferais ça pour moi ?

— Je ferais bien plus encore, pour toi. Si toi t'en as envie, bien sûr.

— Je sais pas. J'en ai envie, mais c'est bizarre…

— De quoi ?

— J'ai aucun avenir.

— Alors va falloir en construire un.

— Ça me fait peur.

— T'es venu ici à deux reprises, et ton cœur bat toujours. T'es courageux.

— Au contraire, j'ai eu peur de mourir.

— Non, mourir c'est moins effrayant que vivre. T'as pas eu peur de mourir. T'as pris conscience que ça aurait été une erreur. Tu sais que j'ai raison, mais t'as encore besoin d'en être convaincu. Je t'en convaincrai, même si je dois rester ici encore des heures.

— Alors… tu proposes qu'on aille vivre ensemble en Corée ?

— Exact.

— Il faudra que je reprenne les études.

— Oui.

— Je ne pourrai plus travailler avec toi ?

— Si, à côté de tes cours. Et si tu veux, tu choisiras un cursus qui nous permettra de bosser ensemble. Y a tellement de métiers.

— Tu crois que je peux y arriver ?

— Je crois en toi. Et toi ? Tu crois en toi ?

— J'aimerais bien. »

Jungsu lui embrassa l'épaule. Il se redressa. Minhwan resta agenouillé. Jungsu lui tendit la main. Il affichait un beau sourire malgré ses yeux rougis.

Minhwan observa cette main tendue, dubitatif. Il avait le cœur encore empli de doutes. L'inconnu l'avait toujours effrayé, lui qui demeurait si timoré. Pourtant, quand il s'agissait de Jungsu… Depuis leur rencontre, il n'avait jamais eu de doutes. Peut-être avait-il su. Il avait su qu'il pouvait se fier à lui. Quelque chose dans son regard. Ou bien sa posture. Il pouvait lui faire confiance.

« Viens, Minhwan-ah. On n'a plus rien à faire ici. »

Ses yeux papillonnèrent. Ils se reposèrent sur la main de Jungsu. Minhwan tourna les yeux vers l'arbre.

« Si tu veux rester ici pour toujours, c'est d'accord, dit Jungsu d'une voix grave, mais dans ce cas je reste aussi. Je pars pas sans toi. On a décidé ensemble de s'accorder une semaine de plus. À toi de voir ce qu'on fait, maintenant. Moi je suis prêt à te suivre, où que tu ailles.

— C'est vrai ?

— Oui, mais ce serait dommage.

— Dommage ?

— J'aurais bien préparé une soirée ciné pour ce soir, avec du pop corn et un bon film, dans le lit. J'ai aussi vu un autre parc pas très loin, en bus. Ça aurait pu être sympa. Et puis… t'avais promis de refaire du riz sauté, à midi. Et t'es quelqu'un de parole, non ? »

Minhwan esquissa un sourire. Jungsu avait l'œil malicieux. Minhwan avança la main et la posa dans la sienne. Jungsu la serra. Minhwan cependant demeura immobile.

Ce fut dans son regard que brilla l'espièglerie. Mais Jungsu n'y faisait pas attention. Lui, ce qu'il voyait, c'était que jamais auparavant ses prunelles n'avaient à ce point étincelé d'espoir. L'espoir rendait Minhwan tellement vivant.

Minhwan hésita. Puis il demanda :

« Si je viens, on regardera le soleil se lever ?

— Tous les matins, si t'en as envie, mon ange. »

Alors Minhwan se releva.

Notes

J'ai énormément travaillé l'écriture de cette histoire, en particulier sur les premiers chapitres. C'est quelque chose que j'ai beaucoup aimé et que j'étendrai probablement un jour ou l'autre sur un livre entier (un genre de défi que je me lance à moi-même).

Je tiens à remercier chaque personne qui a lu ce roman jusqu'ici, ça compte beaucoup pour moi et ça me touche de savoir que mes écrits peuvent intéresser. J'espère sincèrement que cette lecture vous a plu.

Par ailleurs, sachez également que vous avez sans le savoir contribué à une action louable. En effet, je reverserai l'entièreté de mes droits d'auteur sur ce livre à l'association Le Refuge, qui a pour vocation de protéger les jeunes gens qui, comme le personnage de Minhwan, sont rejetés voire violentés par leur famille à cause de leur identité de genre ou bien leur orientation sexuelle. Je sais bien que ce livre n'aura pas un grand public, mais c'était quelque chose qui me tenait à cœur, et même quelques euros peuvent toujours aider.

Merci, donc, pour votre générosité. ♥

Manon.